LA DEVOCIÓN DEL ROSARIO

Lope de Vega

PERSONAS

PEDRO GERMÁN, monje. Una figura de papa con capa y tiara.
UN ÁNGEL
FRAY ANTONINO, prior.
UN CAPITÁN
VIVALDO, cautivo.
NICOLO, cautivo.
ALESIO, cautivo.
CELIMO, moro.
FILIPO, soldado.
ROSIO, soldado.
COSME, soldado.
EL REY DE TÚNEZ
LUCIFER
SATANÁS
ROSA, mora.
AJA, mora.
MARCELA, cautiva.
ARCHIMA AMET
SULTÁN
ALBERTO, cautivo.
EL AUXILIO DIVINO
BECEBA, alcaide moro.
UN MERCADER

JORNADA PRIMERA

(Sale PEDRO GERMÁN, monje, solo.)

PEDRO GERMÁN ¡Dios sin principio y sin fin,
cuyos soberanos pies
pisa el mayor serafín!
¡Dios uno y Personas tres,
que entender quiso Agustín,
y en el ejemplo del mar,
que el niño encerrar quería
en tan pequeño lugar,
vio que ninguno podía
tan gran piélago aplacar!
¡Dios, de quien sólo creer
es más justa reverencia
que no intentaros ver,
cuál impulso, qué violencia
aquí me pudo traer!
Señor, en mi celda estuve:
¿cómo me traéis aquí?
Mas... ¿qué prometida nube
de oro y sol se acerca así
que sobre mis hombros sube?
Como si en una linterna
su cuerpo el sol se encerrara,
le alumbra la luz interna
y la superficie clara,
bañada en su lumbre eterna;
juntos caminan los dos
al monte de vuestro cielo.
¿Qué es esto, divino Dios?
O es que Vos bajáis al suelo
o sube algún santo a Vos.
(Suspéndese el monje, y con música sube por una canal
una figura de papa, con capa y tiara.)
¡Valgame el cielo!, podré
decir por este varón
que por las nubes se ve:

¿Quién es éste, que de Edón
sube, puesto que no fue
con vestidura vestida?
Sí, que es el alba ceñida,
y la capa y la tiara
vencen del sol la luz clara
por el oriente esparcida.
¿Quién serás, confesor santo,
con ese precioso manto,
tú que por corona tienes
tres esferas en las sienes
que tus canas honran tanto?
Tu luz apenas resisto;
más bien muestras, verde cedro,
ya sobre el Líbano visto,
que eres sucesor de Pedro,
aquel Vicario de Cristo.

(Tocan cajas destempladas; sale un CAPITÁN y cuatro
soldados, que son VIVALDO, NICOLO, ALESIO y ANTONIO, con
cruces en los pechos.)

CAPITÁN Ya no hay que hacer aquí; cubrid de luto
las cajas, las trompetas y las armas.
El general murió; cesó la guerra.
VIVALDO Desdicha general de Italia ha sido,
de España y Francia y las naciones todas
que del nombre católico se precian.
NICOLO Descanse el fiero turco, crezca el número
de mamelucos y de zapas fieros;
discurra el mar de Ebrón, ya con sus naves,
pues faltó ya quien le pusiese freno.
VIVALDO Ya el otomano, casa prodigiosa,
su nombre ensalce y su corona aumente.
Duerme en Constantinopla, turco fiero,
del acero católico seguro,
pues el nuevo Godofre parte al cielo.
PEDRO GERMÁN Soldados generosos, caballeros
ilustres, que mostráis en la cruz roja
serlo de Cristo, ¿dónde vais tan tristes?

¿Quién es el capitán que lloráis muerto?
CAPITÁN El muerto general que nos preguntas,
que, como en soledad estás, lo ignoras,
es el Sumo Pontífice, el gran Pío.
Pío segundo es muerto, y el primero,
que, después de las armas celestiales,
con las humanas quiso echar del mundo
el fiero turco, destrucción de Hungría,
llevósele la muerte; el pastor muerto,
las ovejas se esparcen.
PEDRO GERMÁN   ¡Triste caso,
aunque para el bendito Padre alegre,
pues ya sus obras y deseo santo
el ciclo premia con laurel eterno!
VIVALDO Bendícenos y ruega por nosotros.
PEDRO GERMÁN El cielo os dé su bendición.
(Vase.)
CAPITÁN
Vivaldo,
aquí no hay más que hacer, que ya de Ancona
quieren sacar el cuerpo.
VIVALDO   Yo querría
acompañarle.
CAPITÁN   Vamos.
ALESIO   Pues concede
tantas gracias el cielo a quien a Roma
llegare con el cuerpo, ¿qué soldado
dejará de ganarlas? ¡Cuerpo santo,
a vuestro lado iré deshecho en llanto!

(Vanse; quedan solos ANTONIO y NICOLO.)

NICOLO ¿De qué tan suspenso estás,
Antonio, en esta ocasión?

ANTONIO De que mi buena intención
llegó hasta serlo, y no más.
Mi estudio dejado había
por las armas de la fe,
que en naciendo profesé,

que es ciencia que a Dios me guía.
El Pontífice supremo,
como sabes, me había dado
de esta facultad el grado,
para el alma honor extremo.
Porque de esta borla roja,
cruz santa que traigo al pecho,
fue de aquel gran sabio hecho
que los infiernos despoja.
Llegamos todos a Ancona,
muere el santo general,
que en mejor carro triunfal
divino laurel corona,
y vuelvo con tal tristeza
de ver que me he de quitar
la cruz sin pasar el mar
que con tanta fortaleza
mártir pensaba yo ser
a manos del turco fiero,
que temo como primero
a mi estudio no volver.
Porque si otra vez el mundo
me vuelve a su confusión,
¿qué más cierta perdición
que entrar en su mar profundo?

NICOLO Todos habemos venido
a ser de Cristo soldados,
por ver, de tantos llamados,
quién llega a ser escogido;
pero pues la santa empresa
que hacía contra el impío
turco el Pontífice Pío
aquí con su muerte cesa
y no hay príncipe cristiano
que la quiera proseguir,
con su cuerpo quiero ir
ansí, Antonio, porque gano
tan grandes indulgencias
como por tener que hacer

en Roma.
ANTONIO   No puede ser,
por algunas diferencias
que traigo conmigo en mí
en materia de mi Estado,
acompañarte, que he dado
en lo que nunca creí.
Vete, Nicolo, en buen hora.
NICOLO Prospere tu vida el cielo,
(Vase.)

ANTONIO ¡Adiós, peligros del suelo,
bien que el cielo vulgo adora!
¡Adiós, locas pretensiones!
¡Adiós, esperanzas vanas,
pues no os desengañan canas
ni os obligan sinrazones!
¡Adiós, servir y no ver
para siempre el galardón!
¡Adiós, hermosa opinión,
vanaglorioso placer!
¡Adiós, amistad fingida!
¡Adiós, verdad despreciada,
que quiero en breve jornada
poner en salvo mi vida!
Servir a Dios es seguro;
todo lo demás, dudoso.

(Sale COSME, camarada de ANTONIO, soldado roto con cruz
al pecho.)

COSME ¡Adiós, celada! ¡Adiós, coso!
¡Adiós, berberisco moro!
¡Adiós, morillos, pues ya
Murió Pío y yo quedé
de defensor de la fe.
ANTONIO¡Cosme!
COSME   Cóseme tú a mí,
que tú harto cosido estás.
¡Ah, guerra de Satanás,

medrado vuelvo de ti!
De donde pensé sacar
fama eterna y un tesoro,
dándome el alarbe moro
ocasión de pelear,
Pío, por estarse holgando,
allá en el cielo se fue
a descansar; yo quedé,
pollo aterido, piando.
ANTONIO Cosme, criado y amigo
de aqueste Antonio, que ya
huyendo del mundo va
como de un grande enemigo.
Pues ya la santa jornada
que hacía el segundo Pío
contra el turco poderío
para que dio la cruzada,
cuya divina señal
nuestros pechos ilustraba,
se acabó por lo que acaba
todo aquello que es mortal,
yo no pienso dar la vuelta
a la patria sin vencer
otro enemigo.
COSME   Si el ver
que tu voluntad resuelta
quiere la guerra seguir
no me pone inclinación,
¿bajos mis intentos son?
¿No te merezco servir?
¿Tan mal camarada he sido?
¿No te he dado en las posadas
las gallinas encerradas,
el cabritillo escondido?
¿Qué Pollo se me escapó,
como yo de ojo le viese,
que a tu plato no trujese?
¿Quién te sirvió, como yo?
Y como tú te inclinaras,
¿quedar hermosa doncella

que no durmieras con ella?
ANTONIO Calla, Cosme. ¿No reparas
que de aquesas sinrazones,
hechas contra voluntad,
de sus sueños se ha de dar
cuenta? En confusión me pones.
COSME ¿Ya predicas? ¡Pesía a tal!
Vamos y el pesar destierra.
ANTONIO No, Cosme; no es esta guerra
la que tú piensas.
COSME   Pues ¿cuál?
ANTONIO Es contra el mundo.
COSME   Que sea
contra mil mundos.
ANTONIO   Tu celo
conozco; pero es el cielo
por lo que aquí se pelea.
COSME ¿El cielo?
ANTONIO   Sí, que dél son
el mundo, carne y demonio
contrarios.
COSME   Sospecho, Antonio,
que tratas de religión.
Mas dime claro tu intento.
Tu hechura soy, ¿qué reparas? ANTONIO Pues el tuyo me declaras,
escucha mi pensamiento.
El ilustre y noble Cosme
de Médicis, que a Florencia
dio el más rico ciudadano
que las historias celebran;
aquel de quien pronostican
todos los hombres de letras
que dél han de suceder
pontífices a la Iglesia,
reyes en Francia y España;
aquel que en virtud y hacienda
sobrepujó a cuantos hombres
sin título el mundo cuenta;
aquel que cuando murió
Pedro, que su hacienda hereda,

mirando la que tenía,
halló en sus libros de cuenta
que ningún hombre, alto o bajo,
de cuantos hay en Florencia
le dejaba de deber
dineros, que fue grandeza
que de ninguno se escribe;
entre muchas excelencias,
tuvo la mayor de todas,
que fue conocer la deuda
en que estaba a Dios, y así
propuso satisfacerla,
porque solía decir,
lleno de risa y modestia:
«Aunque más a Dios le pago,
cuando a las cuentas se llega,
hallo que siempre me alcanza,
siempre quiere que le deba.»
En los montes Pesulanos,
por ser tan propias las peñas
de aquel santo que solía
buscar el cielo por ellas,
aquel jerónimo insigne
que, por ser tan dura puerta
del alma el pecho de un hombre,
llamó en él con una piedra,
edificó un monesterio,
y no lejos dél y entre ellas
otro que llama abadía,
cuyo dueño el nombre muestra
al seráfico Francisco,
hombre que desde la tierra
por cinco escalas de sangre
se le entró a Dios por las venas.
Otro edificó notable,
pero dentro de Florencia;
uno a Santa Berdiana,
y al santo mártir de guerra
que hasta los huesos asados
sirvió de Cristo a la mesa,

hizo un templo suntuoso;
y sin éste, en cuatro iglesias,
las capillas y retablos,
y a todas dio tantas rentas,
posesiones, vasos de oro,
ornamentos, perlas, piedras,
que excedió al gran Constantino.
Pero entre tantas grandezas,
hizo a San Marcos un templo
y a Domingo le encomienda,
que con sus predicadores
quiso que en guarda le tengan.
Mira el ingenio de Cosme,
que, como Marco nos cuenta
el Evangelio y Domingo
nos lo predica y enseña
con la sangre de sus hijos
y con sus divinas letras,
como se ve en Pedro Mártir
y en tantos que le confiesan
junto a Marcos y a Domingo,
para que Domingo sea
el león con que le pintan
y esté libre, en su cabeza
hacen este monasterio
un prior que el mundo eleva
con la fama de su nombre
y de sus divinas prendas.
Este es el santo Antonino,
a quien dicen que ya ruegan
con tan rico arzobispado
como es su patria Provencia.
Confesóme el santo el día
que para tan santa guerra
tomé aquesta roja cruz,
y entre muchas excelencias
para bien del alma mía,
pienso que fue la primera
el santísimo rosario
de la siempre Virgen Reina

de los ángeles y cielos,
que es devoción que profesa
todo el Orden dominico;
que quien devoto le reza,
no dudes, Cosme, no dudes
que eternamente se pierda,
porque, al fin, le da la mano
esta celestial Princesa.
Yo, pues, he dado en rezarle;
y del santo hablar con ella
me ha nacido una afición
que hasta el alma me penetra.
Iba a la guerra del turco;
pero pues la guerra cesa,
contra el mundo, y el demonio,
y la carne quiero hacerla.
bomingo me dio las armas;
allá quiero entrar con ellas;
vestirme quiero las suyas.
Cosme amigo, adiós te queda,
que por dar cuenta mejor
de estas soberanas cuentas
quiero que Domingo santo
mi padre y padrino sea.
COSME ¿Ha tenido fin la historia?
ANTONIO Sí, Cosme.
COSME   Sin duda es buena
pues que yo no me he dormido
siendo tan larga tu arenga;
y aunque siento dejar mucho
el mundo por ciertas cuerdas
de amigos que, en vez de gorras,
ya hasta vamos a una mesa
y por otras zarandajas,
cabellos, cintas y prendas
que son regalos del alma,
memorias de mi gallega,
todo, Antonio, lo antepongo
a ti, y es justo me creas
que me debes este amor.

A la Religión me lleva,
donde seré motilón,
que no faltará una puerta,
la cocina o refectorio
o el cultivar una huerta,
que en estos oficios es
donde un religioso medra;
que yo de vista lo sé,
ya que no por experiencia.
Y si la huerta me entregan,
con mis lágrimas en ella,
sobre un bodigo y torrezno
plantaré rosas tan bellas
que si nacen entre espinas
podrá ser, y Dios lo quiera,
que en mi pecho humilde nazcan.
ANTONIO Ahí, Cosme, el ciclo te enseña.
Dame mil veces tus brazos.
COSME Oye, Antonio, ¿es cosa cierta
que puedo mudarme el nombre?
ANTONIO Sí, amigo; como tú quieras.

COSME Vamos; no he de ser más Cosme.
ANTONIO Cuentas son tus rosas bellas.
¡Dios permita, quiera Dios,
Pues sois rojas y estáis negras,
que, teñidas con mi sangre,
cuentas de coral os vuelva!

(Vanse. Salen EL REY DE TÚNEZ, BECEBA, alcaide; ROSA,
mora.)

BECEBA Engañóme tu privanza.
REY No te quejas con razón,
antes te doy confianza;
que niega la posesión
quien concede la esperanza.
BECEBA Cuando a Rosa, tu sobrina,
hayas de dar, rey famoso,
compañía igual, no es dina

persona de tu espacioso
reino, al extraño te inclina.
Mas si en Túnez se ha de hallar,
¿quién en la paz y en la guerra
pueda al Beceba igualar?
¿Quién te ha puesto en paz la tierra
y asegurado la mar?
¿Por quién tiemblan las galeras,
las de Italia, que en las suyas
toquen tiemblan tus banderas?
¿Quién más cautivos te ha dado?
¿Quién más servicios te ha hecho?
REY Yo me confieso obligado
y bien estoy satisfecho,
Beceba, de tu cuidado.
Yo no te he negado a Rosa.
No es negarla el dilatar
de que ahora sea tu esposa.
BECEBA ¿Qué más cansado negar
que dilatar una cosa?
¡Pluguiera a Alá que dijeras:
«Beceba, Rosa ha de ser
de otro dueño!», y tú me vieras
justo sentimiento hacer,
cubrir luto mis galeras.
Lo que da tormento inmenso
es ver que el bien no se niega,
porque, como estoy suspenso,
mientras que llega o no llega
peno más mientras más pienso.
ROSA Envía, invicto señor,
al adcaide a alguna empresa
donde temple tanto amor,
que amor en ausencia cesa;
y así cesará el rigor,
que pues no le das razón
de la dilación del bien,
sentirá su dilación.
BECEBA Y ausente dura también
la verdadera afición.

¡Oh, qué medio has escogido
tan conforme a tu desdén,
tan semejante a tu olvido!
¿Eso dices?
REY   Ahora bien,
que la obedezcas te pido.
Haz, Beceba, alguna cosa
para que obligues a Rosa.
Parte el mar de Italia; corre
la costa de España hermosa.
No dejes el paso libre,
ni leño que no se espante,
ni que a su sombra esté libre
de Cartagena a Alicante
y desde Denia al Colibre.
Enciende fuego en sus playas
y pase el mar de sus rayas
azotado de tus remos,
tocarán a sus extremos
los pies de sus atalayas.
Vuelve los aires oscuros,
tiemble la tierra en su centro
tanto, que los fuertes muros
se retiren más adentro
para estar de ti seguros,
que cuando vuelvas tendrás
esta prenda que deseas.
BECEBA Si estriba en eso no más,
yo juro Alá que tú veas
el hombre a quien hoy la das.
Guárdate, Italia, que baja
un rayo de Túnez fiero,
que con tan alta ventaja,
con piedras, fuego y acero
tus leños quebranta y raja.
Guárdate, España, que sube
de la exhalación del llanto
al sol de Rosa la nube,
que ha de llover más espanto
que yo de sus ojos tuve.

Puertos en cerradas calas,
riberas, costas, recodos;
rayo soy de amor con alas:
llorad todos, temblad todos
mis suspiros y mis balas.
¡Hola, soldados! ¿Qué hacéis?
Cubrid mis seis galeotas
de flámulas; no dejéis
ni velas ni jarcias rotas
que no adornéis y enlacéis
de bengala de Lisboa.
Cubran con el nombre y loa
de amor que estas flechas fragua
desde el carel hasta el agua
y de la popa a la proa.
Vista roja tamarete
la chusma, que es necesaria
no se mire filarete
que no tenga luminaria
ni jarcia ni gallardete.
Izad el cañón que cubre
con sus jarcias la cureña
y, en viendo que se descubre
de Túnez o casa o peña
a quien la distancia cubre,
haced salva al rey y a Rosa;
Pero mejor es volviendo
de Italia rica a su hermosa...
....
Ea, herid a esos cristianos.
¿En qué os detenéis, villanos?,
que antes que pase este mes
habéis de estar a sus pies
y no besando sus manos.
(Vase.)
REY Gallardo parte,
ROSA   En efeto,
¿me prometes a Beceba?
REY Rosa, cierto amor secreto
dilatarle intenta y prueba

el bien que yo le prometo;
pero esto ha sido no más
que alejarle, bella Rosa,
del lugar adonde estás,
que hay otra afición forzosa
a quien remediar podrás.
ROSA El valor de tu sobrina
me ha dado mil pretendientes.
REY No es la sangre la que inclina
por más que cubrir lo intentes,
sino esa beldad divina
de la cual esta persona
que yo te digo está presa.
ROSA Si la beldad le aprisiona,
delito has hecho.
REY   Confiesa;
Pero eso mismo le abona;
que si es delito querer
a quien se puede ofender
de ser un hombre ofendida,
la hermosura pretendida
le puede satisfacer.
ROSA ¿Es hombre el que me pretende
que me merece?
REY   Si quien
te pretende no te ofende,
ninguno el quererte bien
con más méritos emprende.
ROSA Pues si iguala a mi valor
y es tu gusto, gran señor,
di quién es y sea mi esposo.
REY Luego, ¿soy tan venturoso?
ROSA ¿Qué? ¿Tú me tienes amor?
REY ¿No me dio el cielo del alma
tres potencias, que en despojos
llevas para triunfo y palma?
¿No me dio, Rosa, estos ojos
que dejas mirando en calma?
¿No tengo yo entendimiento
que de tu rara beldad

alcance el conocimiento?
¿No tengo yo voluntad
con que lo que entiendo intento?
¿No podrán por mis oídos
entrar tus dulces razones,
espíritus encendidos
con que al alma fuego pones
por los más nobles sentidos?
¿Parécete que el quererte,
siendo tu sangre, no es cosa
más fácil, pues de esta suerte
quiero en ti mi sangre, Rosa,
que en una las dos convierte?
Sobre parentesco, amores;
bien es como guarnición
de oro en azul los favores;
deudas entre deudos son,
y más mientras son mayores.
Ves aquí la causa, Rosa,
por qué no quiero casarte.
ROSA Si fuese, tío, justa cosa
quererme bien por ser parte
de tu sangre generosa,
¿cómo yo no siento en mí
quererte bien, digo bien,
más que a rey y deudo a ti?
REY La costumbre del desdén
te obliga a tratarme así.
Míralo mejor.
ROSA   Señor,
no dudes que te quisiera;
mas fuera notable error,
rey de Túrez, que pusiera
en tu condición mi amor.
Si fueras un rey cristiano
que a mí sola me quisieras,
que yo te quisiera es llano,
porque estoy cierta que dieras
sólo a una mujer la mano.
Mas siendo moro, ¿no ves

que has de tener otras tres
y más de tres mil amigas?
REY Yo me obligo, si te obligas,
que sola en el alma estés.
Yo seré en el casamiento
cristiano, y en la ley, moro.
ROSA Durará tu juramento
mientras que seguro adoro
tu gusto y tu pensamiento;
mas después que amor siniestro
llegue al efecto que muestro,
serás moro en olvidarte
y cristiano en descasarte
por el parentesco nuestro.
Dame licencia.
REY   Oye un poco.
ROSA Perdona esta libertad,
REY A más amor me provoco.
ROSA Déjeme tu majestad.
REY No puedo.
ROSA   ¡Suelta!
REY   ¡Estoy loco!
¡Oye a un rey!
ROSA   Su hechura soy.
REY ¡Oye a tu amante!
ROSA   No puedo.
REY ¡Oye a tu tío!
ROSA   Aquí estoy.
REY ¿Qué tienes?
ROSA   Respeto y miedo.
Perdóname si me voy.
(Vase.)
REY ¿Qué es la causa que un hombre valeroso
con la espada en la mano, altivo, fuerte,
corta el cuello arrugado, rompe y vierte
saliente humor del tronco sanguinoso;
o discurre un ejército furioso,
dando mil muertes sin temer la muerte,
amando una mujer tiemble de suerte
que le vence y derriba un rostro hermoso?

¿Cómo pedir el hombre, si concede
el sueño y el sustento cada día
sin que afligido y sin vergüenza quede,
y cuando pide amor tiembla y porfía?
Debe de ser que sin comer no puede
pasar el hombre y sin amor podía.

(Entran FRAY ANTONINO, prior; ANTONIO, de fraile, y
COSME , de lego muy mesurado.)

ANTONIO Ya, santísimo Antonino,
que este vuestro siervo Antonio
para hacer guerra al demonio
a vuestra milicia vino.
Ya que de las quince rosas
el dichoso cuello enlazo
y me habéis puesto en el brazo
dos armas tan poderosas
como oración y lición
y el hábito blanco y negro,
de verme galán me alegro
y serlo en el corazón
de aquella Reina del cielo
cuyas rosas son tan bellas,
que no hay corona de estrellas
que mire tan alta el suelo,
decidme, padre divino,
qué es lo que ahora mandáis.
ANTONINO Hijo que a Sicilia vais,
puesto que es largo el camino,
y que estas cartas llevéis
para el prior de Mesina,
ciudad puesta en la marina,
de quien al punto sabréis
para lo que allá os envío.
ANTONIO Fray Cosme está muy contento
con el hábito.
COSME   Yo siento
algo de hambre, padre mío.
Como, pues, ya nos han dicho

cuanto tenemos que hacer,
no se trata de comer,
¿tiene el comer entredicho?
ANTONIO No le dé aquesto cuidado;
que quien a su cargo está,
en siendo hora llamará.
COSME Bien puede haberse olvidado,
que como el refitolero
come cuando tiene gana,
harásele de mañana.
ANTONIO Calle, no sea tan grosero.
Tenga, padre, sufrimiento;
dadme esa mano bendita.
(Al prior.)
ANTONINO Hijo, estos padres imita
con humilde pensamiento;
toma ejemplo de sus vidas
y de sus santas acciones,
y para que entre aflicciones
el divino auxilio pidas,
ningún día se te olvide
pasar las rosas süaves
de esas cuentas, de esas aves.
Con ellas, Antonio, pide,
que cuanto alcanzar quisieres,
como esta Orden lo profesa,
que alcanzará la Princesa
bendita entre las mujeres.
Nuestro santísimo padre
Domingo fue de este voto,
como galán, tan devoto
de la siempre Virgen madre.
Que la azucena que ahora
la Iglesia pinta en su mano,
aunque muestra el soberano
bien que el ser casto atesora,
yo por María imagino
espejo en que se miraba,
que el Padre eterno lo alaba.
De este atributo divino

es azucena y espejo,
y ansí en Domingo se ve,
de cuya mano tomé
este divino consejo.
ANTONIO Padre, pues me he de partir,
por que pueda acompañarme,
a fray Cosme puedes darme,
si conmigo quiere ir;
que con él me hallaré bien,
pues que fue mi compañero
en el siglo.
ANTONINO   De él espero
que sabrá acudir también
a su justa obligación.
Yo gusto que, como amigo
y hermano, vaya contigo.
ANTONIO Pues danos tu bendición.
COSME ¿No pudieras, padre amado,
darme mayor testimonio
que no apartarme de Antonio,
de su amoroso cuidado?
En el siglo le seguí
cuando fui su mochilero,
y ansí hasta el cielo no quiero
padre, apartarle de mí.
¡Qué lindos pollos rapaba
y gallinas!...
ANTONIO   (¿Está en sí?
Calle, que no es para aquí.)
COSME (Perdone, no me acordaba.)
ANTONINO El cielo os guarde y bendiga.
Partid luego, que es ya tarde.
(Vase.)
ANTONIO El mismo, padre, te guarde.
¿Quién habrá, Cosme, que siga
la gran virtud, la excelencia
de este famoso varón?
COSMEMuchas sus virtudes son.

ANTONIO Puede entrar en competencia

con aquellos soberanos
anacoretas de Egito.
COSME Ha obrado bien lo que ha escrito
con sus doctísimas manos.
ANTONIO ¿Tomó bien aquel consejo
de rezar siempre el rosario?
COSME O forzoso o voluntario.
ANTONIO Que le rece le aconsejo,
y, no piense en argüir
en si es fuerza o voluntad.
COSME Si le he de decir verdad,
luego me empiezo a dormir.
ANTONIO ¿Luego rézale sentado?
COSME No, de rodillas estoy;
pero tan presto me voy
como si estuviera echado.
ANTONIO Pues, padre, récele en pie.
COSME Póngome a peligro grande
de que a dos pasos que ande
conmigo en el suelo dé.
ANTONIO «Deo gratias». Pues el cuidado
que a la oración se le debe,
¿no le despierta o le mueve?
Todo lo tengo probado.
Si estoy en la portería,
no me dormiré en un mes
aunque no mueva los pies
de un lugar en todo el día;
si en la huerta, es de manera
que tengo en Argos los ojos,
sin que el sueño me dé enojos,
y lo mismo si voy fuera.
Pero en tomando el rosario
no sé qué se tiene en sí,
que no hay purga para mí,
ni hay huevos, ni letuario
de suaves adormideras
que a tal sueño me provoque.
ANTONIO Dios le despierte y le toque.
Ya es tiempo de hablar de veras.

Diga, ¿el lunes no rezó
cuando el rosario le di?
COSME ¿El lunes, padre? No y sí.
ANTONIO ¿Cómo puede ser sí y no?
COSME Comencé, y a las primeras
avemarías...
ANTONIO   ¿Durmióse?
COSME No, padre; pero atrevióse
el sueño con mil quimeras;
resistí por todo el diez,
y al «Pater noster»...
ANTONIO   ¿Qué hubo?
COSME Tan necio y pesado estuvo,
que me dormí de una vez
desde las diez a las siete.
ANTONIO Luego el martes bien podría
rezar.
COSME   Ya recé ese día
por el bien que nos promete
él haber en él nacido
la hermosa Reina del cielo;
pero en el mayor desvelo
que jamás, padre, he tenido.
Di en pensar si vencería
con descabezar el sueño,
que era de mis ojos dueño,
y que luego rezaría;
comencé a dormir por ver
qué tal remedio le doy...
ANTONIO ¿Despertó luego?
COSME   A eso voy.
Sí, padre, al amanecer.
ANTONIO Si durmió de esa manera,
el miércoles rezaría,
pues que ya dormido había
para la semana entera.
COSME El miércoles comencé
los misterios del rosario,
y, a Pesar de mi contrario,
hasta la oración llegué

donde Pedro se durrnió,
y en aquel huerto tendido
lo contemplé tan rendido,
que también me dormí yo.
ANTONIO Pues el jueves, que podía
en la cena contemplar
el misterio del altar
y la santa Eucaristía,
¿no rezaría también,
si en San Juan, dormido el pecho,
de Cristo pensó?
COSME   Sospecho
que le contemplé muy bien.
ANTONIO ¿Hasta qué hora?
COSME   Fue mucho,
por ser los misterios tantos.
ANTONIO ¿Y el viernes?
COSME   Días tan santos
porfío, batallo y lucho,
que este viernes comencé
a ir tras judas.
ANTONIO   ¡Buen cuidado!
¿No ve que estaba ahorcado?
COSME En él, padre, contemplé,
y como en él suspiraba,
me sucedió...
ANTONIO   ¿Dormiría
hasta el alba?
COSME   Hasta otro día.
ANTONIO ¡Muy bien la semana acaba!
El sábado apostaré
que con los guardas durmió
si el sepulcro contempló.
COSME Durmiendo los contemplé.
ANTONIO En fin, toda la semana,
¿qué habrá rezado?
COSME   En seis días,
padre, treinta avemarías.
ANTONIO Sí; mas será cosa llana
que el domingo habrá cumplido

lo que dejó de rezar.
COSME Pues, padre, ¿no es día de holgar?
ANTONIO De holgar a los que han tenido
oficios, porque su vida
trabajando han de pasar.
COSME ¿Y no es trabajo rezar?
ANTONIO Por ser hoy nuestra partida
no le riño como fuera
justo; mas, ¿propone aquí
la enmienda?
COSME   Mi padre, sí.
ANTONIO Rece esta semana entera.
Y pues sueño no le deja
ser al rosario fiel,
ate de un clavo un cordel
y el cordel ate a la oreja,
para que cuando a dormír
se vaya le tire della.
COSME Podráse salir con ella.
ANTONIO ¿Con ella se ha de salir?
COSME Por Dios, padre, que de suerte
me suele el sueño cargar
que me la puede sacar
primero que yo despierte.
ANTONIO Ahora bien; venga conmigo,
que habemos de partir luego.
COSME Que me quite, a Dios le ruego,
aqueste sueño enemigo.
ANTONIO Por la Virgen, que le dio
las rosas. lo ha de pedir.
COSME Si el rezar fuera dormir,
¿quién rezara como yo?

(Vanse. Salen LUCIFER y SATANÁS.)

LUCIFER ¿Quién podrá tener sosiego
viendo que el cielo perdió,
de justa soberbia ciego,
y para siempre heredó
noche, tinieblas y fuego?

¿Quién, ya que Dios le destierra,
no envidia sus maravillas
viendo que un hombre de tierra
ocupa las altas sillas
que pierdo en tan justa guerra?
Si no tuviera mi mal
en la venganza el remedio,
por morir en pena igual
tomara por justo medio
que Dios me hiciera mortal
después de su muerte santa,
con cuya cruz no se espanta,
con cuya llave abre el cielo,
con cuya luz ve en el suelo
y el hombre muerto levanta.
Varias cosas intenté,
muchos hombres he quitado
al cielo en que me crié,
por que al de tierra formado
no suba adonde bajé.
Mas tantas estratagemas
vence la cruz y enmudece
nuestras víboras blasfemas,
que va del hombre parece
que son las armas extremas;
y esta cruz yo la llevara
en paciencia, que no al hombro,
que, como es de Dios la vara,
soy delincuente y me asombro
sólo de verle la cara.
Pero tantas invenciones
de armas como le han dado
mi tormento y mis prisiones.
en el infierno han doblado
mi tormento y mis prisiones.
¿Qué rosario, di, Satán,
es este que me atormenta?
De escala nombre le dan,
y es bien, pues de cuenta en cuenta
por él al cielo se van.

¿Qué rosas son éstas, di,
o avemarías, pues fui
de ella muerto en Nazaret?
¿Qué «pater noster» también,
si es padrastro para mí?
¿Has visto, Satán, la gente
que este rosario me escapa?
¿Qué haré, que estoy impaciente?
SATANÁS De este Domingo la capa
te cubre la vista ardiente;
este fraile, infernal toro,
te da en los ojos con ella;
las capillas de este coro
de aquella siempre doncella
descubre estas rosas de oro.
Estos son los jardineros
de este divino rosal;
por cultivarle ligeros
te ha venido tanto mal.
Con las rosas te hacen fieros,
que con las cuentas divinas
las dan tan maravillosas,
que, aunque espino le imaginas,
ellos se llevan las rosas
y a ti te dan las espinas.
Del mundo se te libró,
donde le pusiste al cebo
que a los principios picó
por el rosario el mancebo
que en Florencia se vistió
el blanco y negro vestido
de aquel perro negro y blanco
que ha tu destrucción pedido;
que como Dios es tan franco,
le ha dado cuanto ha querido
Pues ya por su devoción
ha estado la Virgen santa,
cuyas estas rosas son,
en gracia y privanza tanta,
que nos pone en confusión.

LUCIFER No; es que va navegando
a Sicilia y que Antonino
le dio el hábito.
SATANÁS   Si cuando
de la guerra santa vino
no se me fuera volando
de ese Antonino a los pies,
que ya, como sabes, es
arzobispo de Florencia,
yo pusiera en contingencia
los pasos en que le ves.
LUCIFER ¿Qué importa que esté seguro
a la sombra del rosal,
como la hiedra en el muro,
contra el Poder celestial?
Desde hoy vencerle procuro.
¿Nunca has oído, Satán,
cómo las mujeres dan
mayor victoria a su nombre
cuando enamoran un hombre
que es de otra dama galán
Pues ésa es la fuerza mía.
Poco podrá mi porfía
si, aunque fea, no enamora
mi envidia y le quita agora
este galán a María,
que le ha dado por favor
para empresa de mirarlas...
SATANÁS ¿Las rosas de su color?
LUCIFER Unas rosas marchitarlas
con mi veneno y furor.
Advierte el intento.
SATANÁS   Di.
LUCIFER ¿Beceba no viene aquí
moro de Túnez corsario?
SATANÁS El mismo.
LUCIFER   Pues ¿qué rosario
librará Antonio de mí?
Ea, que ya vio la nave

donde aquestos frailes van;
(Hace que lo ve.)
ya la sigue como al ave
medrosa el pardo alcotán.
Da en popa viento suave.
Ya llegó, ya les previene
de que amainen, ya dispara,
(Suenan tiros.)
ya la nave temor tiene,
ya se rinde, ¿quién la ampara?
Ya el moro a los bordes viene.
SATANÁS Fray Cosme, aquel motilón,
con un remo se defiende
de cuantos contrarios son;
ya al suelo derriba y tiende
la sarracena nación.
A bordo las cuerdas trepa;
entró dentro.
LUCIFER   Estoy aquí.
¿No quieres que hacerlo sepa?
SATANÁS ¿Ríndensele todos?
LUCIFER   Sí;
sólo el motilón increpa
el sarraceno valor.
Ya la chusma sobre él viene.
SATANÁS Todo ese valor mantiene
ese rosario traidor.

(Salen FRAY COSME, con un remo defendiéndose de BECEBA y
ARCHIMA AMET, y SULTÁN y FRAY ANTONIO, atadas las
manos, y CAMILO, pasajero, y MARCELA, dama.)

BECEBA ¡Date, papa!
COSME   Papear y verlo.
ANTONIO   ¿Está sin sentido, fray Cosme?
COSME   Estoy descosido.
ANTONIO ¿Qué hace, padre?
COSME   Pelear.
¿No os arrimáis, desleales?
Llegad, veréis cuál se escapa,

que pues me habéis hecho papa,
yo os quiero hacer cardenales.
Llegad, perros, que aquí espero
de manos en la ocasión.
ANTONIO Fray Cosme, dése a prisión.
COSME No quiero, padre, no quiero;
dése vuestra reverencia.
ANTONIO Ya que estoy atado, hermano,
dése, ¡por Dios!
COSME   Es en vano.
Ya se acabó la paciencia.
BECEBA Pues muera. Hacelde pedazos.
ANTONIO Su perdición, padre, temo.
COSME Llegad, sabréis qué es un remo
regido por estos brazos.
ANTONIO Yo le mando en obediencia
que se deje, padre, atar.
COSME Sólo eso pudo obligar
mi rigor y mi impaciencia.
Muy bien me podéis ligar,
perros, a vuestro placer,
pues sé que es obedecer
mejor que sacrificar.
(Atanle las manos.)
ARCHIMA Aquí no hay más que ofrecerse
a este cordel.
CAMILO   Ten piedad
si ejecutas tu crueldad.
COSME Mas, ¿quieren todos perderse?
MARCELA ¡Duélete, señor, de mí;
no me trates con rigor!
ANTONIO Dios lo ha permitido así,
que como soy pecador
y veinte años le ofendí,
quiere que pague cautivo
las ofensas que le hice
COSME Notable pena recibo.
ANTONIO Tenga paciencia. ¿Qué dice?
COSME ¡Atado yo estando vivo!

ANTONIO Fray Cosme, si él hoy rezara,
como yo se lo avisé,
nunca aquí el moro llegara,
que, puesto que yo recé,
si en mis pecados repara,
verá que no he merecido
ser de la Virgen oído.
BECEBA Por la cristiana gallarda,
remedio esta gente aguarda.
MARCELA Que tengas piedad te pido.
BECEBA Pienso que serás presente
para que el rey dé por ti
un ángel que adoro ausente.
COSME Por él, padre, estoy yo así.
ANTONIO Fray Cosme, no sea impaciente.
SULTÁN Estos padres no quisiera
que llevaras, que hacen mal
a los cautivos.
ANTONIO   Si fuera
tal mi dicha, mi bien tal
que yo a tus manos muriera,
¿qué fin mejor puedes dar
a mi jornada que el cielo?
BECEBA Pues yo te quiero matar.
Daré tu cabeza al suelo
y echaré tu cuerpo al mar.
LUCIFER El fraile, Satán, se escapa;
al cielo se va por pies
envuelto en su negra capa.
SATANÁS ¿No hay un remedio que des?
LUCIFER ¿Qué furia tus ojos tapa?
¿Quién tu entendimiento ciega?
¿Tú no ves que a nadie llega
más presto un grande rescate
que a un fraile?
BECEBA   Pues no se mate;
el oro por ti me ruega.
ANTONIO ¿Qué, no merecí morir?
COSME Calle, que bien vamos vivos.

BECEBA Apresta y ¡alto!, partir.
ANTONIO ¿Parécete que cautivos
no es morir?
COSME   Bueno es vivir.
ARCHIMA Pasad a las galeotas,
cautivos, que a Túnez vais.
CAMILO ¡Qué diferentes derrotas!
ANTONIO Hoy, señor, me regaláis.
BECEBA ¿Cómo esa chusma no azotas?
Cristiana, tened consuelo.
MARCELA No hay mi desdicha en el suelo.
ANTONIO ¡Virgen santa, en Vos confío!
LUCIFER Este fraile ha de ser mío
o he de revolver el cielo.

(Salen ARCHIMA AMET y SULTÁN, moros.)

ARCHIMA ¿Qué hacen esos esclavos?
SULTÁN Apenas el sol los ve.
ARCHIMA ¿Y los papas que compré?
SULTÁN Esos blasonan de bravos.
ARCHIMA Hazles peor tratamiento
que a los demás.
SULTÁN   Su paciencia
les sirve de resistencia
y de humilde sufrimiento.
ARCHIMA Si te digo la verdad,
sultán, no hay noche ninguna
que en sueños no me importuna
alguna sombra o deidad.
Que Antonio siga hasta tanto
que se vuelva moro, y de esto
anda triste y descompuesto,
y aun después que me levanto,
suele aquesta misma sombra
la imaginación cansarme.
SULTÁN ¡Extraña cosa!
ARCHIMA   Y mostrarme
tantas, que el alma me asombra.

(Salen LUCIFER y SATANÁS.)

SATANÁS ¿No hemos de salir con esto?
LUCIFER O no ser yo quien soy
o le habemos de ver hoy
el traje africano puesto.
SATANÁS Cuentas que da cada día
de su devoción a Dios
han hecho que de los dos
no aproveche la porfía.
Llega, y al dueño tirano

este pensamiento infunde
para que en su mal redunde.
LUCIFER ¿Cómo no quieres, villano,
castigar aquel Antonio
hasta que deje su fe?
ARCHIMA De que ya le castigué
su sangre da testimonio.
LUCIFER Apriétale hasta que deje
la ley de Cristo.
ARCHIMA   Sí haré.
SULTÁN ¿Con quién hablabas?
ARCHIMA   No sé.
LUCIFER Dale, aunque al cielo se queje.
ARCHIMA Hoy, sombra, cualquier que seas,
palabra te doy de hacer
que muera o se ha de volver
a la ley que tú deseas.
Vete en buen hora al lugar
que tienes en tierra o cielo.
LUCIFER No hay en el cielo ni suelo
donde me dejen estar
si entre vosotros no estoy
o con los indios resido,
pues el cielo que he tenido,
el ser que en efecto soy,
no me duró sola un hora;
era corto para mí:
que como cedro subí
y amanecí como aurora.
(Vase.)
SULTÁN ¿Qué tienes?
ARCHIMA   No sé, sultán.
Saca luego de los hierros
aquesos cristianos perros
por quien tormento me dan.
SULTÁN Voy.
ARCHIMA   Camina.
SULTÁN   Aguarda un poco
y lo que pasa verás.

(Vase SULTÁN.)
ARCHIMA Sombra, ¿qué pretendes más,
si no es que me vuelva loco?
¡Vive Alá, papa cristiano,
cualquier que seas, que hoy
has de morir, pues estoy
más esclavo de un tirano
por ti que lo estoy de mí!

(Salen SULTÁN, FRAY ANTONIO, COSME y MARCELA, los tres
cautivos.)

SULTÁN Hoy, perros, pienso mataros.
Que quiere ver azotaros
Archima Amet aquí.
ANTONIO Con acabar nuestra vida
acabarás nuestra pena.
ARCHIMA ¿Es buena esta vida?
ANTONIO   Buena,
y más si es por Dios sufrida.
ARCHIMA Deja, Antonio, esa locura;
adora en Mahoma y mira
que te amenaza su ira.
ANTONIO ¡Virgen santa, Virgen pura,
Virgen más clara que el sol,
favoreced vuestro esclavo!
SULTÁN Préciase el perro de bravo
más que si fuera español.
¡La ropa fuera ya, perros!
Tiéndanse en tierra.

(Desnúdanse y échanse de bruces.)

COSME   ¡Ay de mí!
Padre Antonio, que por ti
vine a verme en estos hierros.
ANTONIO Diga, hermano, que por Dios.
COSME ¿Quién le metió que yo fuese
con él a Sicilia y viese
tanto mal para los dos?

¿No me estaba yo muy bien
en mi santa portería,
donde a mis horas comía,
donde cenaba también?
¡Ay mi huerta de San Marcos!
¡Ay mi santo refectorio!
ANTONIO Otro más raro es notorio
le espera y mil triunfos santos,
donde cenará algún día
a la mesa del Cordero.
COSME Así, padre, en Dios lo espero
pero como yo comía
tan libre de aquestos hierros
en mi refectorio a ratos,
cercado de tantos gatos,
muérome entre aquestos perros.
ANTONIO Ya, hermano, yo estoy desnudo.
SULTÁN Tiéndase, pues.
COSME   ¿En qué cama?
ARCHIMA ¿Cuándo te cansarás? Llama
dos calabreses membrudos.
COSME Mirad para en acabando
qué colación apercibe.
ANTONIO Por Dios, Cosme, los recibe,
que Dios nos está mirando.
COSME ¿De qué el resibo ha de ser?
ANTONIO ¿De qué? De aquestos regalos.
COSME ¿Yo, ¡por Dios! recibir palos?
No estoy de ese parecer.
ARCHIMA Desnúdate, ¿qué porfías?

(Quítale COSME el palo al SULTÁN y dale con él.)

COSME Ya la paciencia he perdido.
¿No te contentas vestido?
¡Toma!
SULTÁN   ¡Ay espaldas mías!

(Andan tras él FRAY ANTONIO y ARCHIMA AMET, poniéndose
en medio.)

ANTONIO «Deo gratias», fray Cosme, hermano;
¿así pierdes la obediencia?
COSME Acabóse la paciencia;
no me hable, padre, a la mano.
Déjeme que le sacuda
media docena no más.
ARCHIMA Cautivo, ¿eres Barrabás?
Prendedle, moros; ayuda
por Mahoma soberano!
¡Cautivo, perro, traidor,
que has de probar mi rigor!
COSME Pasito, blanda la mano.

(Salen AJA, mora, y LUCIFER.)

AJA ¿Estás loco? ¿Qué es aquesto?
¿Comprastes bestias por dicha
o hombres?
ANTONIO   Mi desdicha,
ora, tu piedad me ha puesto.
LUCIFER De mandarle castigar
pienso conseguir mi intento
y doyle merecimiento
con que me doble el pesar.
ARCHIMA ¿Quién te mete en eso a ti?
AJA ¿Qué te han hecho esos cautivos?
ARCHIMA Poco, pues los dejo vivos.
AJA ¿Por qué los tratas ansí?
ARCHIMA Porque este Antonio deseo,
Aja, que se vuelva moro.
AJA ¡Pluguiera a Alá!, que le adoro
y a un ángel viéndole veo!)
(Aparte.)
Pero sea con regalos,
no a palos, que de esa suerte
le perderéis con su muerte.
Un roble da el fruto a palos;
pero los árboles nobles
dejan tomar con la mano

el fruto, y este cristiano
no fue de casta de robles.
Vete y déjame con él.
Llevad esotro.
ARCHIMA   Yo quiero
hacer tu gusto.
AJA   Y yo espero
que sin castigo crüel
se rinda a mi cortesía.
ARCHIMA Lleva ese perro, sultán,
donde los demás están.
SULTÁN Camina, perro; algún día
nos veremos.
COSME   Quiera Dios
que nuestro rescate sea
en contienda de pelea
y que la hayamos los dos.
ANTONIO Fray Cosme, tenga paciencia,
que es gran joya la humildad.
COSME Tenga su paternidad
mas brío en tan gran violencia.

(Vanse LOS MOROS y COSME.)

LUCIFER Llega, enternece aquel pecho.
AJA (¡Temor tengo, oh santo Alá!
¿Qué piedra en tu pecho está?
Antonio, ¿de qué eres hecho
que cierra al alma la entrada?
LUCIFER Mira qué hermosura tiene.
ANTONIO Contra mí la carne viene
de dulce deleite armada.
¡Virgen, socorred, pues Vos
excedistes en pureza
los ángeles y en belleza
cuanto en el cielo no es Dios!
Domingo, pues me libré
del mundo con el sagrado
de vuestra ropa y a nado
a vuestro puerto llegué,

donde al demonio vencí
dándole azotes crueles,
las rosas que en los vergeles
de vuestra casa cogí,
la carne, que es el mayor
de los enemigos míos,
viene con notables bríos
de anegar mi propio honor.
¡Favor, padre soberano;
y vos, heroico Antonino,
pues el hábito divino
me dio vuestra santa mano,
haced oración por mí!
LUCIFER Háblale, ¿qué te acobardas?
AJA En fin, dulce Antonio, ¿aguardas
que yo te requiebre a ti?
Si es vergüenza y es temor
de ver que soy tu señora,
tu cautiva soy agora,
tú mi adorado señor.
Lo que es mi talle y persona
ya la ves, no hay que alabarte.
¡Ojalá para obligarte
tuviera yo la corona
de toda el Asia! Mi hermano
es rico. Deja tu ley.
Deudo tengo con el rey.
LUCIFER Pídele, necia, la mano,
que palabras no es sentido
y el tocar sentido es,
y el sentir hace después
apetecer lo sentido.
Aunque se incitan oyendo
los hombres más que mirando,
muchos se pierden tocando,
que es ir el fuego encendiendo.
Llegarse al fuego calienta;
pero si se toca, abrasa.
Pásale la mano, pasa;
llega y abrazarle intenta.

ANTONIO ¿Qué armas podré tomar
contra ti?
AJA   Mira, cristiano,
que te adoro.
ANTONIO   ¡Oh fuerte mano!
Comenzad a pelear.
Basta el rosario del cuello.
LUCIFER Perdíme; no aguardo más.
(Vase.)
AJA ¿Rosas, cristiano, me das?
ANTONIO ¿Yo rosas?
(Vuélvese el rosario rosas.)
AJA   Muestra, mi bien.
ANTONIO ¿Qué dices?
AJA (Hace cuando va a tomar el rosario que se quema.)
¡Ay, que me abraso!
(Vase.)
ANTONIO Y que con ligero paso
Alá o los cielos te den.
Rosas dijo que le daba
cuando el rosario miró
y, la mano se abrasó
cuando las rosas tocaba.
¡Ah Virgen! ¡Tanto favor!
¡Tantas gracias y mercedes!
(Sale COSME.)
COSME Salir por las calles puedes
de Túnez libre, señor;
mas cree en darte la nueva
antes de pedirte albricias.
ANTONIO ¿Qué albricias, Cosme, codicias,
puesto que albricias te deba?
¿Qué tengo yo que te dar,
si no es de aqueste jaleco
o de aquel bizcocho seco
lo que hoy tengo de cenar?
Ve por ello si te agrada;
más de diez onzas serán.

COSME Piedras por onzas nos dan.
¡Qué vida tan regalada!
ANTONIO Esto entre moros se medra.
Yo te juro que algún día
esa piedra me sabía,
más que pan de azúcar, piedra.
Pero dime, ¿quién nos dio
licencia para salir
de esta mazmorra y vivir
en la luz que Dios crió?
COSME A Túnez, padre, ha venido
Clemente, un embajador
de Génova por valor
de su virtud conocido
en toda el África, y éste
al rey pidió por merced
delante de Archima Amet,
que sólo cuando se acueste
permita que moro alguno
encierre en mazmorra esclavo.
ANTONIO Al embajador alabo,
Cosme, y al rey noble. Al uno,
por la merced que pidió,
y al otro, por concedella.
Gracias a la Virgen bella.
¿Ha rezado hoy?
COSME   Padre, no.
ANTONIO Pues ¿por qué?
COSME   De no comer
estoy muy desvanecido.
ANTONIO ¿Y ha comido?
COSME   Ya he comido.
ANTONIO Agora lo puede hacer.
Saque el rosario.
COSME   Quebróse
el cordón y no he podido
ensartarle.
ANTONIO   ¿No ha podido?
COSME Hubo embarazo; olvidóse.

ANTONIO Venga, yo le ayudaré
a ensartar las cuentas.
COSME   Vamos;
pero como aquí pasamos
crujía, sospecho a fe
que algunas se habrán ido.
ANTONIO ¿Cuántas?
COSME   Vaya agora cuenta.
ANTONIO Diga, a ver.
COSME   Ciento cincuenta.
(Saca sola la cruz.)
ANTONIO ¿Luego todas se han perdido?
COSME La cruz me quedó no más.
ANTONIO Dios, Cosme, le dé su luz.
Ate un cordel a esa cruz
y no le pierda jamás.
Que en él daremos los dos
tantos nudos como cuentas,
y pase aquestas afrentas
y palos siempre por Dios,
que es soberbio con exceso
y le podrá suceder
gran daño, a mi parecer.
COSME Estése, padre, con eso.
ANTONIO Aquí dicen que labrado
tienen un famoso templo
los genoveses.
COSME   Ejemplo
de cristiano celo han dado.
ANTONIO En él hay un santo altar
de un crucifijo devoto,
de manos y pies tan roto,
que aun la sangre quiso dar.
Esta visita ha de ser,
Cosme hermano, la primera,
pues nos dejan salir fuera
y mañana puede hacer,
de agallas o de otras cosas,
un rosario en qué rezar,
si el cordel le ha de quitar

la devoción de las rosas.
COSME Bien dice, Vamos, que allá
habrá mercader cristiano
que rosario tenga.
ANTONIO   Es llano;
alguno en la plaza habrá.
¿Cuándo me veré, mi Dios,
en vuestra santa presencia?
COSME Refectorio de Florencia,
¿cuándo me veré yo en vos?

(Vanse. Salen EL REY DE TÚNEZ, BECEBA, MARCELA, cautiva,
y ROSA.)

BECEBA Si no te obliga, rey, a haberte dado
esta cristiana para darme a Rosa,
ni a ti, Rosa ingratísima, he obligado
con aquesta jornada victoriosa,
¿qué esperanza en tan dudoso estado
será para mi vida provechosa?
¿Cuál será de los dos el pensamiento,
pues cuantos me habéis dado lleva el viento?
Surqué la mar azul, corrí la posta
en mis seis galeotas que juzgaban
el golfo desigual carrera angosta;
así las blancas olas sujetaban.
De Sicilia espanté la fértil costa,
y Apebón y Paquino me temblaban,
que los azufres de sus bocas fieras
se helaron de temor de mis banderas.
Cuando volví de tan dichosa empresa,
las ninfas de la mar, en sus navales
carros, entapizados de ova espesa,
me ofrecieron mil perlas y corales.
Tú sólo, rey, a quien mi dicha pesa;
tú sola, Rosa, a quien mis largos males
nunca engendran amor, me recibistes
con tibios brazos y con ojos tristes.
REY Beceba, quien emprenda grandes cosas,
ha de tener, con el valor, paciencia.

No se cogen tan fáciles las rosas;
sus mismas ramas hacen resistencia.
Estimo que tus manos victoriosas
ya de Sicilia, Córcega y Valencia,
Nápoles y Cerdania, vengan ricas,
pues tales prendas a mi gusto aplicas.
El parabién te doy; pero no puedo
darte lo que consiste en otro gusto.
Rosa tiene la culpa.
BECEBA   ¡Bueno quedo!
Tras tantas esperanzas, tal disgusto.
Con justa causa me partí con miedo
de su respuesta y de su agravio injusto.
Lo que temí llegó, pues ya los cielos
corrieron las cortinas a mis celos.
Ya veo a Rosa cerca de tus brazos,
como se mira en cuadro de pintura
por cristiano pincel: entre mil lazos,
gozar de Venus Marte la hermosura.
Todos los imposibles y embarazos
con que tu amor dificultar procura
cosa tan fácil nacen de este intento,
y yo estoy tal, que digo lo que siento.
Con un hacha de amor entré seguro
a ver tu pensamiento en tu deseo,
que estaba con mis celos tan oscuro.
Ya Rosa en él y entre tus brazos veo.
Pues siendo así, ¿qué busco?, ¿qué procuro?
¿qué pido?, ¿qué pretendo?, ¿qué rodeo?
Dejar quiero tu tierra y tu servicio
y proseguir de Marte su ejercicio.
Argel tiene las costas africanas,
donde estarán mejor mis galeotas.
Tráiganse aquí chalupas y tartanas,
las tuyas pobres de la chusma rotas,
no como suelo yo naves cristianas
de alto bordo que suben sus derrotas,
Italia, África, Dinamarca y Flandes,
con que has labrado atarazanas grandes.
Dame mi esclava, rey, que el alma adora.

REYY si no quiero dártela, Beceba,
¿qué dirás?
BECEBA   Que me pagas bien ahora.
REY ¿No basta el galardón que un rey te deba?
BECEBA Dame mi esclava y tu sobrina adora.
REY ¿No me la diste?
BECEBA   Sí.
REY   Pues ¿qué más prueba
de que es mía?
BECEBA   Fue un trueco de la hermosa
Rosa, mas ¿no me das tampoco a Rosa?
REY No quiere, y yo no tengo de forzarla.
BECEBA Rosa, ¿ no quieres tú?
ROSA   Quiero, Y es
justo,
lo que quisiere el rey.
BECEBA   No hay que culparla;
está sujeta y ha de hacer tu gusto.
Dame mi esclava a mí, que quiero darla
al rey de Argel.
REY   ¿Por darme a mí disgusto?
BECEBA Por lo que tú mereces; pues es llano...
REY Prosigue la razón.
BECEBA   ...que eres tirano.
REY ¡Prendedle!
BECEBA   Por la punta de esta espada.
(Vase.)
REY Por Alá que te haré quitar la vida.
¡Hola, guardas, alcaide! Rosa amada,
de su muerte no quedes ofendida
(Vase EL REY.)
ROSA Intenta, rey, lo que a tu gusto agrada,
que, puesto que de entrambos soy querida,
a nadie tengo amor, que, aunque está ciego,
mi pecho es nieve si su flecha es fuego.
¿Cómo es tu nombre, cristiana?
MARCELA Por mi desdicha, Marcela;
por venir derecho el mal,
el mismo nombre lo muestra.

ROSA ¿Eres española?
MARCELA   Sí,
aunque a Nápoles la bella
pasé con un capitán.
ROSA ¿De dónde eres?
MARCELA   De Valencia.
ROSA Yo te he cobrado afición.
MARCELA Primero que te la deba
te había pagado, mora,
que tu donaire y belleza
obliga a tenerte amor.
ROSA En esta correspondencia
de voluntades pagadas,
que nace de las estrellas,
fuera yo tu grande amiga,
mi secretaria te hiciera,
mis pensamientos fiara
de tu valor satisfecha;
como te volvieras mora,
y si mora te volvieras,
yo te casara con hombre
que fuera igual a tus prendas.
MARCELA Con aquí veis cada día
cristianas que su ley dejan,
parécete, bella Rosa,
que seré lo mismo que ellas.
Y cree que no fiara
de mi valor y paciencia
para trabajos tan grandes
tan dificultosa prueba,
a no haber en el camino
hallado la resistencia
de vuestros ruegos, regalos,
honras, gustos y promesas.
ROSA Pues ¿qué resistencia hallaste
si quieren hacerte fuerza?
MARCELA No la entenderás.
ROSA   Sí haré.
No hay cosa que yo no entienda
del trato de las cristianas,

que me he criado con ellas.
Las labores que yo sé,
una esclava portuguesa
me las enseñó, y aun creo
que, si hasta agora viviera,
su ley me hubiera enseñado.
MARCELA Pues, Rosa, cuando fui presa
deste alcaide, lo fue un fraile
dominico de Florencia.
Hombre de linda persona,
honestos ojos y lengua;
tan devoto de la Virgen
que adoran cielos y tierra
por Madre del mismo Dios,
que, hablando y tratando en ella,
las lágrimas que lloraba
enternecieran las piedras.
A todos encomendó
la devoción de esta Reina,
y a mí, aparte, como vía
que nuestra común flaqueza
es más fácil para el mal,
me dijo: «Cuando te quieran
persuadir, Marcela amiga,
moros que mora te vuelvas,
acuérdate de la Virgen
y de la santa paciencia
con que a Menfis y al gran Cairo,
huyendo de la sangrienta
furia de Herodes, llevó,
por sus arenas desiertas,
al benditísimo Niño;
y que, sentada en la hierba,
margen de una fuente clara,
con las manos, más que estrellas,
le lavaba los pañales;
mientras, una blanca cesta
José de dátiles rojos
cogía de las soberbias
palmas que entonces al suelo

humillaban las cabezas.
Considera los trabajos
que esta celestial princesa
pasaría tantos años
y súfrelos tú por ella,
y por que jamás la niegues,
toma estas divinas cuentas,
que, si cada día las pasas,
ellas serán tu defensa.»
Bien escuché sus palabras,
pues del modo que en la imprenta
queda el papel, las dejó
en medio del alma impresas.
Este es el santo rosario.
¡Ojalá que tú quisieras
conocer estas verdades!
ROSA Basta, amiga, que las tenga
respeto y amor ahora.
(Sale LUCIFER.)
LUCIFER(No es mala ocasión aquésta
para salir con mi intento.)
Este fraile, Rosa bella,
es el hombre más gallardo
que hizo Naturaleza.
Tiene un ingenio divino.
Bueno será que le veas.
ROSA ¿Podré yo ver este fraile?
MARCELA ¡Pluguiese a Dios
LUCIFER   (No quisiera
revelar alguna cosa
que me diese en la cabeza.
¿Cosa que Antonio de Ríjoles
aquesta mora convierta
y por un alma dudosa
la más cierta se me pierda?
Mas yo lo sabré trazar
sin que me resulte ofensa.)
MARCELA Archima Amet le compró,
cómprale o, por más modestia,
dile al rey que se lo pida.

ROSA Más segura ha de ser ésa.
Al rey le quiero pedir.
LUCIFER (Pues ¿qué aguardas?)
ROSA   Ven, Marcela,
que ya me muero por verle.
MARCELA El cielo tus pasos mueva.
(Vanse las dos.)
LUCIFER (No, sino yo, que soy ángel,
aunque perdí por soberbia
ser luz, ser sol, ser aurora,
y ya soy noche y tinieblas.)

(Salen FILIPO, ALBERTO y ROSIO, cautivos.)

FILIPO ¡Ay, vida trabajosa!
¿Cómo con tantas penas dura tanto?
ALBERTO ¡Ay, muerte perezosa!
¿Cómo no escuchas mi profundo llanto?
ROSIO ¡Ay, muerte y vida juntas, cómo vivo!
¡No hay mayor muerte que vivir cautivo!
FILIPO ¿Que se aflige el villano
de que no llueva a tiempo en su cosecha?
ALBERTO ¿Que llora el cortesano
su pretensión sobre los vientos hecha?
ROSIO ¿Que teme el navegante al mar ni al viento?
¡Ay, Dios! ¿Por qué no duerme el avariento?
LUCIFER ¿Qué se lamentan éstos
de sólo ver la libertad perdida,
si en el libro están puestos
del bautismo de Cristo y restituida?
De vicio se lamenta todo el suelo.
Callen, pues callo yo, que perdí el cielo.
¿No fue por mí vertida
la sangre del Cordero sobre el ara?
Trabajo en mortal vida,
descanso presto que en la muerte para;
mas yo, inmortal y que de Dios me alejo,
me pudiera quejar y no me quejo.
(Entra ANTONIO.)

ANTONIO Cautivos, que lo fuisteis
del demonio y de Cristo libertados,
a ser libres vinisteis
y de nuevo por él regenerados.
Hagamos penitencia, que en paciencia
se ejercita también la penitencia.
Nuestros pecados fueron
la causa de vivir donde vivimos;
mas ya que nos trajeron
donde la alegre libertad perdimos,
no perdamos el alma, que es tesoro
más que la libertad, que pierde el oro.
FILIPO ¿Quién eres, que predicas
penitencia, cristiano, donde hay tanta?
ANTONIO Amigo, bien replicas.
Cautivo de la Virgen sacrosanta
soy lo primero, y luego, un fraile pobre,
aunque en ser de quien soy todo me sobre.
Por las manos dichosas
del varón apostólico Antonino,
me dio estas bellas rosas
deste rosario celestial, divino.
(Sácale y huye EL DEMONIO.)
LUCIFER Cegóme, ¡oh perro! Pues caerás espera,
que yo fui sol y ya perdí mi esfera.
(Vase.)
ANTONIO Este que cada día
rezo a la Virgen, y vosotros todos
que le recéis querría,
pues por divinos celestiales modos
os dará libertad con esperanza,
que de su Hijo cuanto quiere alcanza.
ALBERTO Danos los pies, ¡oh padre!,
que todos prometemos ser devotos
de aquella Virgen madre.
ANTONIO Ella permita que cumpláis los votos
en sus templos, llevándole el rescate
a Loreto, a la Peña o Monserrate.
De un mercader ahora

compré aquestos rosarios. Ea, cristianos,
rosas de tal Señora
no es justo que se os caigan de las manos,
que mientras más traigáis la mano en ellas,
en vez de marchitarse están más bellas.

(Salen ARCHIMA AMET y CELIMO.)

ARCHIMA Este, Celimo, es mi esclavo.
CELIMO Pues éste te pide el rey.
ARCHIMA Lo que es el talle te alabo;
mas para dejar su ley,
terrible, arrogante y bravo.
¿Qué haces, Antonio, aquí?
ANTONIO Con la licencia, señor,
ando por Túnez así.
ARCHIMA El rey sabe tu valor;
al rey, Antonio, te di;
parte a verle con Celimo.
ANTONIO Voy, señor, a obedecerte.
Amigos, hoy os animo
con mi sangre; con mi muerte
veréis si la prenda estimo.
(Vanse ANTONIO y CELIMO.)
ARCHIMA Id a trabajar vosotros.
ROSIO ¿Somos tuyos? Riñe a otros.
ALBERTO ¡Qué buenas rosas llevamos!
FILIPO Vamos tras él y pidamos
que ruegue a Dios por nosotros.
(Vanse todos. Salen AJA y COSME.)
AJA Viendo el notable rigor
de Antonio, a quien tanto adoro,
y que no se vuelva moro,
porque no me tiene amor,
crece mi pena inhumana
tanto, que resuelta vengo,
pues yo soy quien sólo tengo,
para volverme cristiana.
Dile, Cosme, que, pues él
no quiere ser moro aquí,

yo seré cristiana, y di
que me casaré con él.
Que, aunque sé que ha de pesar
a mi hermano, yo sabré
hacer de suerte que esté
de esotra parte del mar
cuando entienda nuestro intento;
y a ti, si aquesto conciertas
y su voluntad despiertas,
tan dormida a mi tormento,
fuera de la libertad,
luego que estemos casados.
te daré dos mil ducados
y del alma la mitad,
porque en joyas y dinero
puedo llevar treinta y más.
COSME Señora, engañada estás
y desengañarte quiero.
Aunque te vuelvas cristiana,
no puede Antonio casarse
contigo, ni aun obligarse
a cosa alguna liviana,
porque es fraile y no es posible.
Deja esas cosas agora
y trata, ilustre señora,
de algún medio convenible
para darnos libertad,
que él te llevará si quieres
ser cristiana, y donde fueres,
tu hermosura y calidad
te darán galán marido,
a quien luego querrás bien,
que no es mostrarte desdén
no haberte Antonio querido,
sino ser fraile profeso.
Esta razón le desvía,
que entre cristianos sería
gran pecado y gran exceso
y al instante castigado
que de alguno se entendiese.

AJA Y si yo con él me fuese,
¿está también obligado
a no mostrarme afición
y pagar mi voluntad?
COSME También es la castidad
su principal profesión.
Y aunque Antonio, por ser hombre,
pudiera satisfacerte,
antes sufriera la muerte
que perder de casto el nombre.
Ya es un ángel en la tierra
y un santísimo varón,
y tanta la devoción
que su casto pecho encierra
con la divina María,
que aquellas rosas le dio,
que, si le tratase yo
de esta plática algún día,
para siempre era acabada
nuestra amistad.
AJA   ¿Que mi mal
es sin remedio?
COSME   Es mortal.
Si el que te di no te agrada,
aun yo, con ser motilón,
como y como.
AJA   ¿ Pues qué? ¿Tú
puedes casarte?
COSME   ¡«Jesú»!
¡«Abernuncio»! ¡Tentación!
(Vase santiguando COSME, diendo: ¡«Abernuncio»!
¡Tentación! Salen ANTONIO, ROSA y LUCIFER.)
ANTONIO Cuanto me promete el rey
no es para mí de importancia,
que no hay humana ganancia
para que deje mi ley.
Sola tu rara hermosura
me hubiera dado, señora,
primer movimiento agora

de tan notable locura;
tanto, que pienso que estoy
fuera de mí, pues te miro.
LUCIFER (¡Oh, qué bien he puesto el tiro!
De medio a medio le doy.)
ANTONIO Lo que no pudo el tormento
de mi prisión, hambre y sed,
dese fiero Archima Amet
por diabólico instrumento;
lo que Aja no alcanzó
con tanto amor y blandura,
pudo, Rosa, tu hermosura.
Pero, ¿qué digo? ¿Soy yo?
¡Vete! ¡Apártate de mí!
¡Dios mío! ¿Vos me dejáis?
LUCIFER ¿Otra vez a Dios tornáis?
Luego, ¿no soy nadie aquí?
Pues aunque a ser no llegué
Dios, porque Dios es sólo uno,
nunca tan cerca ninguno
alto pensamiento fue.)
ROSA Antonio, desde aquel día
que Marcela habló de ti,
por los oídos te di
lo más que el alma podía.
Ya que te veo, mi bien,
por los ojos te confirmo
por mi señor.
ANTONIO   Y yo afirmo
que el alma te doy también.
(¡Ay de mí! ¿Qué dije? ¡Cielos!
¡Qué ceguedad! ¡Qué locura!
¡Qué deleite! ¡Qué hermosura!
Cubre con fingidos velos
la muerte eterna, el perder
a Dios, el fuego infernal.)
LUCIFER (Esto se vuelve a hacer mal;
más cuidado es menester.
Habla más tierno.)

ROSA   ¡Mi vida!,
en mí una esclava tendrás;
este reino heredarás,
que no hay deudo que os lo impida.
A mi tío el rey se han muerto
dos hijos. Si he merecido
que vos seáis mi marido,
tened el reino por cierto.
Pues ¿quién será como vos
servido entonces, amores?
ANTONIO Faltado me han los favores
y los auxilios de Dios.
¡Ay ojos que habéis podido
cegar todas las estrellas
del cielo, pues ya sin ellas
voy por vuestro mar perdido!
LUCIFER (Bien va aquesto; atraíle.)
ROSA Dame esa mano.
ANTONIO   Y también
el alma.
LUCIFER (Ahora va bien.
Pues ¿qué? ¿Se pensaba el fraile
ser más fuerte que Sansón
y más santo que David?)
ANTONIO (¡Cegad, ojos; pies, huid!
¡Ya es tarde; estoy en prisión!
Los palos, la mala vida
y el regalo desta mano
me han vuelto loco; ya en vano
«recuerda el arma dormida».)
LUCIFER (Pídele un abrazo.)
ROSA   Esposo,
dadme un abrazo.
ANTONIO   Quisiera.
ROSA Pues ¿quién lo estorba?
ANTONIO   Espera;
que hay un estorbo forzoso.
ROSA En que soy tu esposa advierte;
tú, mi contento y mi gloria.

ANTONIO ¿Adónde está la memoria?
«Avive el seso y despierte»
Apártate un poco allí.
ROSA Aquí aguardo.
ANTONIO   ¡Extraño intento
me ha puesto en el pensamiento
el perder el alma así!
(Pónese a dudar.)
LUCIFER (Háblale, que está dudando.)
ROSA ¡Ah, mi Antonio! ¡Ah, mi señor!
¿De qué es aquese temor?
¿Qué hacéis así?
ANTONIO   «Contemplando».
LUCIFER (Muy bien puede dar lugar
un hombre a propias pasiones.)
ANTONIO (¿Quién de tales ocasiones
se habrá sabido librar?)
LUCIFER (Háblale, que se convierte.)
ROSA Mi Antonio, mira que espero.
¿Qué haces, mi bien?
ANTONIO   Considero
«cómo se viene la muerte»...
LUCIFER (Deja esa imaginación,
que daña imaginar tanto.)
ANTONIO Mas ¿ por qué causa me espanto
de unas cosas que, al fin, son
flaquezas tan naturales?
Demás de que yo, ¿qué sé
del secreto de mi fe?
Aunque fundamentos tales
mi fe, ¿no está recibida
por justa, por santa y buena?
Mas si se aumenta la pena,
¿«cómo se pasa la vida»?...
LUCIFER (Ya tropezáis con la fe.
Vos caeréis.)
ANTONIO   ¿En estos años,
podré sufrir tantos daños?
¿No es posible, no podré
en brazos de esta mujer

ser rey de Túnez y ser
quien treinta galeras arme
y discurra todo el mar?
Mandaré, tendré gobierno,
que hartos hay en el infierno
solamente por mandar.
Que pasar vida tan fuerte
es locura y es rigor.
Mas... ¡ay!
ROSA   ¿Qué pensáis, amor?
ANTONIO ¡«Cómo se viene la muerte»!
Quiero quitarme el rosario,
que ya el cuello me atormenta.
Pesa un quintal cada cuenta
y ya no me es necesario.
Aquí lo quiero poner.
¡Rosario, quedaos a Dios!
(Quítasele.)
Que voy a abrazar sin vos
aquella hermosa mujer.
LUCIFER (¡Victoria! ¡Vencí! No hay más
¡Infierno, fiestas! ¡Vencí!
Más te precio, fraile, a ti,
pues ya en mi poder estás,
por ser de aquel perro negro
que así me muerde y persigue
y con su rosario sigue,
y más me ensancho y alegro
que con mil almas de moros.
¡Ea, infierno, fiesta luego;
haya fuegos, pues en fuego
se han de gastar mis tesoros!)
(Vase.)
ROSA Abrázame.
ANTONIO   Estoy temblando.
ROSA ¿De qué, mi bien?
ANTONIO   De pensar
en cómo me ha de llevar
el infierno «tan callando».
(Abrázanse, y mientras se abrazan vuelve la tramoya con

UN ÁNGEL, que toma el rosario que ANTONIO puso sobre la
peña.)
ÁNGEL Este rosario, estas rosas,
me manda llevar la Reina
que sobre los cielos reina.
(Cúbrese.)
ANTONIO Dadme esas manos hermosas.
ROSA Manos y brazos te doy.
Ven para que el rey te vea.
ANTONIO Desde hoy le quiero servir.
ROSA Hoy te ha de hacer su visir.
ANTONIO Basta que su esclavo sea.
(Vase. Sale PEDRO GERMÁN, monje.)
PEDRO GERMÁNDespués que retirado
vivo en la soledad de aquestas peñas,
ya del mundo olvidado,
de que apenas podré decir las señas,
no he tenido tal día;
llore, pues es razón, el alma mía
mi estimado rosario,
que tantos años fue mi compañero,
las armas y el contrario
de más temor a mi enemigo fiero,
se me cayó en el fuego,
donde me calenté, cual Pedro, ciego.
Grande culpa he tenido.
El cielo me castiga en regalarme,
Mejor el encendido
fuego debiera, ¡ay, mísero!, abrasarme
que a mi rosario santo.
Mas yo le apagaré con este llanto.
Pues, Virgen, revestida
del sol que os hizo nueve meses
aurora esclarecida,
que las rosas, olivas y cipreses
os dieron atributos,
y Vos con mil virtudes atributos
sea yo perdonado;
de vuestro Hijo su piedad me toque.
Quiero, pues he llorado,

ensartar desde rústico alcornoque,
pues sus cuentas me ofrece,
otro que mil en penitencias rece.
(Aparécese EL ÁNGEL con el rosario de ANTONIO.)
ÁNGEL ¿Pedro Germán?
PEDRO GERMÁN   ¡Ay, cielo!
ÁNGEL Toma aqueste rosario, que te envía,
para mayor consuelo,
la Reina de los ángeles, María.
(Cúbrese.)
PEDRO GERMÁN ¿Quién eres, visión santa?
Mas ya veloz al cielo se levanta.
Contento voy ahora.
¡Oh, siempre Virgen, Madre soberana!
¡Oh, piadosa Señora!
¡Oh, hija ilustre de Joaquín y Ana!
¿Tanto favor, bien tanto?
¡Bendito el fruto dese vientre santo!
A vuestra imagen bella,
que en pobre altar entre estas peñas guardan
quiero, divina estrella,
pues ya las rosas que me dais aguardan,
ir, pues es tan süave,
a deciros con él mil veces ¡«Ave»!
(Vase. Salen EL REY, ARCHIMA AMET SULTÁN y ROSA y a su
lado. ANTONIO, de moro, muy galán.)
REY De esta suerte, Antonio, estás
cual merece tu persona.
Así vas a la mezquita,
por que reniegues ahora
de tu ley, bautismo y fe,
que toda Túnez se goza
a que un papa como tú
siga la ley de Mahoma.
Esta noche haremos fiesta
y gozarás de tu esposa,
y yo te pondré después
en tan alto estado y honra,
que te envidie toda Italia.
ANTONIO Para mí, gran señor, sobra

que me des a tu sobrina.
REY Yo amaba en extremo a Rosa,
pero después que Marcela
por verte ya moro es mora,
gusto de emplearla en ti,
ROSA Y yo, señor, soy dichosa.
REY ¿Cómo te quieres llamar?
ANTONIO Sultán desde hoy me nombran.
REY Moros, abrazalde todos.
(Vanle abrazando con música. Suena COSME dentro.)
COSME Si el cielo rayos me arroja,
querrá en el mayor peligro
mostrar más misericordia.
¡Dejadme pasar, infames!
REY ¿Quién es este que alborota
nuestra común alegría?
(Sale COSME.)
COSME Fray Antonio!
ANTONIO   Cosme, ¿ignoras
que ya me llamo Sultán?
COSME ¡Maldiga el cielo la boca
que tal ha dicho! ¡Jesús!
(Santíguase.)
ANTONIO ¿Conjúrasme? ¿Qué te asombras?
COSME ¿No me tengo de asombrar
de ver, traidor, que deshonras
el hábito soberano
de Domingo?
ANTONIO   ¿De eso lloras?
COSME Lloro y rabio juntamente.
¿Tú moro, Antonio? ¿Tú bodas?
¿Tú Sultán? ¿Tú almaizares?
¡Honroso apellido tomas!
¿Qué has hecho la fe, enemigo,
que profesaste? ¿Las rosas
de nuestra Virgen y Madre
las marchitas y deshojas?
¿Tú casado? ¿Tú mujer?
¿Cómo no riñes ahora
como no he rezado? ¡Perro,

vil, hipócrita! ¿Tú osas
siendo fraile? Mas ¿qué mucho,
si a Dios dejas y te tornas
moro? El casarte es lo menos.
ANTONIO Cosme, que te apasïonas.
Vuélvete moro, que el rey
estimará tu persona
y te casará.
REY   Sí haré.
COSME ¡Hay infamia más notoria!
¿Adónde está la doctrina
que predicabas ha un hora
animando a los cautivos
con fingida vanagloria?
Pero, traidor, ¡vive el ciclo!,
que, si fuera de la tropa,
puedo cogerte a las manos,
que has de gozar poco a Rosa.
REY ¡Prendedle, matadle, moros!
COSME Primero mi sangre toda
habéis de comprar, villanos;
y por que os salga costosa,
la vendo con esta espada.
(Saca a un moro la espada de la cinta.)
ANTONIO Muera el traidor!
COSME   ¿Ya blasonas?
Arrímate a mí, cobarde;
verás si medroso tornas,
volviendo al temor la cara.
ARCHIMA ¿Que esto sufre tu corona?
REY ¡Ah de mi guarda! ¡Matadle!
ANTONIO Dame licencia, señora.
ROSA No te he de soltar, Sultán.
COSME Pasito, Antonio, que llora
esa imagen que idolatras,
y no es bien dejarla sola.
No esperes mi compañía,
que cuando judas se ahorca
no lleva apóstol Santiago;
y si tú tomas la posta

presto para ir al infierno,
yo pienso entrar en la gloria,
al santo rosario asido
de aquella Virgen hermosa.
Esto me enseñaste tú;
pues al infierno te arrojas,
hinche de fuego el caldero,
que no has de llevar la soga.
Cosme el motilón soy, moros.
Si alguno a su cargo toma
esta injuria, sígame,
que aquí le espero.
(Vase.)
REY   ¿Hay tal cosa?
¡Prendedle, asidle!
ANTONIO   Señor,
déjale que pase agora
aquel ímpetu primero.
REY Déjenle por ti.
ANTONIO   Señora,
dadme aquesa hermosa mano.
ROSA Y el alma en ella.
ANTONIO   ¿Hay más gloria?
ROSA Yo haré matar al esclavo
si por ventura os enoja.
REY Vamos a donde reniegues.
ANTONIO ¡Qué rosas dejo por Rosa!
La devoción del rosario
Lope de Vega

JORNADA TERCERA

(Sale COSME, solo.)

COSME ¡Que haya renegado Antonio
de Cristo y su ley sagrada!
El alma tengo turbada.
¡Oh, cuánto sabe el demonio!
Como es viejo, sabe tanto,
De sus embustes reniego.
¡Que le haya ganado el juego
a un hombre tan docto y santo!
Cómo no hay que hacer caudal,
como San Pablo refiere,
mientras un hombre viviere
en esta carne mortal.
Bravamente le reñí
y encolericéme tanto,
que de los moros me espanto
cómo con vida salí.
Pero sienten dar la muerte
estos perros a un cautivo
y por su avaricia vivo.

(Sale LUCIFER en hábito de cautivo.)

LUCIFER (Muy bien vengo de esta suerte.
Hoy con aquesta invención
probar quiero en la conquista,
pues ya vencí al canonista
si venzo a este motilón.
Temo que sus persuasiones
a Antonio me han de volver.
Suelen echarme a perder
estos frailes motilones;
que, como no son letrados,
lo que una vez aperciben
no hay pensar que los derriben,
creen bien a ojos cerrados.)

¿Fray Cosme?
COSME   ¿Quién me ha llamado?
LUCIFER Un cautivo miserable,
si le permite que hable
su mala suerte y estado.
COSME La suerte no es sino buena,
que, al fin, es orden de Dios.
Cautivo estoy como vos,
también padezco esa pena,
y algo más.
LUCIFER   ¿Más que yo?
COSME   Sí,
y algo más paso que vos.
LUCIFER ¿Más que yo? ¡Pluguiera a Dios!
¡No puede ser!
COSME   ¿Cómo así?
LUCIFER Porque este mi cautiverio
es eterno.
COSME   Pues ¿por qué?
LUCIFER Ese porqué yo lo sé;
no carece de misterio.
Es el calor que hay en mí
tan grande, que no hay rescate
cuando de aqueso se trate
que pueda igualarme.
COSME   ¿Sí?
¿Qué hombre tan calificado
sois?
LUCIFER   Y mi palabra empeño
que de un imperio soy dueño,
de donde fui desterrado.
Y pues no se ha de acabar
vida con tanto rigor,
pienso que será mejor,
Cosme amigo, renegar.
COSME ¿Qué?
LUCIFER   Renegar del bautismo,
trocando azotes y palos
en contentos y regalos.
COSME Emperador del abismo

me parecéis.
LUCIFER   Testimonio
nos dan de aquesta verdad
Antonio y su santidad.
COSME (Sin duda éste es el demonio,
que, como a Antonio ha engañado,
a mí procura engañarme.
Pues él viene a trasquilarme
y ha de volver trasquilado.
¡Ah si le pudiese echar
el rosario al cuello!)
LUCIFER   (¡Quién
supiese hacerlo tan bien
que a éste pudiese engañar!)
COSME (¡Si yo el rosario le echase,
qué linda fiesta ha de haber!)
LUCIFER (El infierno se ha de arder
si al motilón engañase.)
(Va COSME sacando rosario a escondidas y vase arrimando
hacia el demonio; el demonio, desviándose y mirándole de
medio ojo.)
COSME En efecto que será
el renegar acertado.
LUCIFER ¡Pues no! Si a ser respetado
llegase un hombre.
COSME   Sí hará.
(No sé por dó está metido.
Este enredador habrá
andado en esto.)
LUCIFER   Si ya
Antonio está convencido
de que es la ley africana
la mejor, ¿qué hay que esperar,
Cosme, sino renegar?
COSME Sí, amigo, de buena gana;
pero querría saber...
(¡Jesús! ¿En qué estás asido?)
LUCIFER (Si acaso me ha conocido.)
COSME (Más que lo ha de echar de ver
y he de perder la ocasión.

¡Gracias a Dios! ¡Ya salió!)
(Huye EL DEMONIO.)
LUCIFER ¡Que el rosario me cegó!
COSME ¡Ah, tiñoso!
COSME   ¡Ah, motilón!
LUCIFER ¡Pies de gallo!
LUCIFER   ¡Ignorantazo!
El rosario lo engrandece.
COSME (Aguarda, si te parece,
zorrazo vicio, gatazo.)
(Da tras él con la pretina y ahora huye.)
Tiene razón de decir
que soy un necio ignorante.
¡Que le tuviese delante
y no le supiese asir!
Entendió el perrazo el juego
y echóse luego a partido.
¡Ah, Dios; quién le hubiera asido!
Dos mil azotes le pego.
¡Que no supiese gozar
de tan dichosa ocasión!
Soy un asno en conclusión;
bien puedo echarme a rodar.
Antonio me da cuidado,
que a Cristo y su Madre ha sido
ingrato y desconocido.
Voy a ver en qué ha parado,
que, aunque ya tiene perdida
la gracia, yo he de trazar
cómo la vuelva a cobrar
o me ha de costar la vida.

(Vase. Salen EL REY DE TÚNEZ y FRAY ANTONIO de moro,
SULTÁN y CELIMO.)

REY Tengo tan grande deseo,
Sultán, de ver aumentada
esta ley que, adoro y creo,
que no sólo por la espada
que por conservarla empleo,

mas por las letras querría.
Tú, pues nuestra lengua sabes
y sabes la intención mía,
que sólo de hombres tan graves
trasladar la ley se fía,
en tu lengua italiana
copiarás nuestro Alcorán,
que muchos que la africana
ley tan gustosa verán
dejarán su ley cristiana.
Cuatro meses ha que estás
en servicio de Mahoma;
pero ninguno le harás
como éste, si sabe Roma
que tu aprobación la das.
Fuera de que calificas
lo escrito, obligas a Alá
a satisfaciones ricas,
pues tan obligado está
de que su ley testificas.
ANTONIO Señor, el rey Tolomeo
quiso la ley de Moisén
copiar del idioma hebreo,
y envió a Jerusalén
para cumplir su deseo
por hombres sabios y graves.
Setenta fueron, y a todos
cerró de por sí; las llaves
guardó por ver si en los modos
que éstos suelen, como sabes,
defraudar una sentencia,
convenían en hacer
uno de otro diferencia.
Pero aquí no es menester
tan costosa diligencia.
Manda que luego me den
el Alcorán y verás
si yo lo traduzco bien.
REYPor los setenta valdrás,
Sultán, tú solo también.

¿Traéis mi Alcorán ahí?
CELIMO Sí, señor.
REY   Pues mientras voy
a caza, lo pasa así.
ANTONIO Tú verás, señor, que soy
fiel a nuestra ley y a ti.
REY Para la vuelta, Sultán,
copia; el principio he de ver.
Guárdete Alá.
(Vase.)
ANTONIO   ¿Qué dirán
los que me vieren poner
en mi boca el Alcorán?
Pero ya saben que soy
moro y que casado estoy,
¿qué importa que sepan esto?
¡Hola, Celín!
CELIMO   ¡Señor!
ANTONIO   Presto,
mesa y recado.
CELIMO   Ya voy.
(Va por ello.)
ANTONIO Trasladé algunas historias
de los reyes africanos,
sus batallas, sus memorias,
por que entiendan los cristianos
que no merecen la gloria.
Y del gusto que ha tenido
el rey de ver traducido
el origen de estos reyes,
quiere que copie sus leyes.

(Sale CELIMO con el recado de escribir y pónelo encima
de un bufete.)

CELIMO Tinta y papel he traído.
ANTONIO Salte afuera, y si criado
o amigo me entrara a ver,
dile que estoy ocupado,
quiero primero leer

para ver lo que traslado.

(Pónese a leer, y con música descubren a SANTO DOMINGO
con el perro y la hacha, como le pintan, y el azucena en
la mano, y SAN ANTONINO de rodillas ante el santo.)

SAN ANTONINO Santísimo patriarca
y fundador soberano
de nuestra gran Religión,
padre de infinitos santos,
arquimandrita divino,
perro insigne negro y blanco,
que con el hacha en la boca
abrasarás los contrarios
de la Iglesia y fe de Cristo;
pues los lobos, en mirando
vuestra carlanca de oro,
llena de diamantes claros
de virtudes y excelencias,
huyeron de ver sus rayos,
que la medalla del cuello,
estando en medio adornando,
donde la Reina del cielo
con atributos tan altos,
como estrellas de Jacob,
cercaba el sol con sus rayos.
Guzmán divino, español,
de quien tendrán reyes tantos
su ascendencia, que ya miro
pasar de Filipo cuarto.
Domingo ilustre, a quien Dios,
por mil días de trabajos,
hizo Domingo en el cielo,
que los ángeles guardaron;
yo di el hábito en Florencia
a un mancebo saboyano
casi de mi propio nombre,
siendo prior de San Marcos.
Dile el rosario también,
que fue el soberano lazo,

que a vuestra casa le truje
como a novillo domado.
Pasando a Sicilia Antonio,
los moros le cautivaron,
donde, habiendo resistido
hambres, cadenas y palos,
pudieron los tiernos ojos,
pudieron las blancas manos,
los deleites, los amores
de una mora hacer de suerte
que, ya de Dios olvidado,
dejó su ley. ¡Gran dolor
para todo el orden sacro
de vuestro santo distrito,
pues, renegado y casado,
vive en Túnez, en su lengua
el Alcorán trasladando.
Padre santísimo, a quien
dio la Virgen el rosario
contra los fieros herejes
y Ella os enseñó a rezarlo,
dividiéndole en tres partes,
por quince misterios santos,
no permitáis que se pierda
a quien le dio vuestra mano.
SANTO DOMINGO Arzobispo de Florencia,
hijo Antonino; si el daño
de Antonio te duele a ti,
porque tú le diste el hábito,
no menos a mí, que soy
a quien la Virgen dio el cargo
de cultivar estas rosas
de su huerto sacrosanto.
yo le pediré que pida
a su Hijo este milagro
de su rosario divino.
SAN ANTONINO Si sus ojos soberanos
pone la Virgen en él,
hoy triunfará su rosario.

(Cúbrese la apariencia, y ANTONIO, que ha estado
leyendo, diga admirado:)

ANTONIO ¿Puede ser más notables desatinos?
¿Es posible que tal estimo y precio?
¿Hanse escrito más bárbaros caminos?
O este Mahoma fue en extremo necio,
que, como vio que a necios persuadía,
con sus cautelas quiso hacer desprecio.
Cuanto es la bestia describir porfía;
son deleites y engaños atractivos;
toda virtud, toda razón desvía.
Lascivia y gula, que mostró excesivos,
son polos de su ley, y ésta promete
el ignorante a muertos como a vivos.
Pedazos de la ley cristiana mete,
mal entendidos, el blasfemo. ¡Oh, cosa
digna de que un demonio la interprete!
¡Oh, qué linda, económica y famosa
presunción de un loco disparate,
fundada en necedad tan fabulosa!
Ya de hoy más Aristóteles no trate
la suya, ni a moral filosofía
Platón la lengua aurífera desate.
¡Qué loco estaba yo, Virgen María,
cuando dejé vuestro rosario santo
por una vil y, deshonesta arpía!
Pues de haberle dejado pudo tanto
el demonio engañoso, que soy suyo,
habiéndome cubierto vuestro manto.
¡Oh vil, falso Profeta! El libro tuyo
queme llama del cielo, pues quien eres
(Arroja el libro y písale.)
de tus escritos bárbaros arguyo.
¡Oh, tú, siempre entre todas las mujeres
bendita, ayuda aquí, dame tu mano,
que a ti me volveré si tú me quieres!
Favor, Domingo, padre soberano.

(Echase de pechos llorando sobre el bufete y salen por

un lado LUCIFER y por otro EL AUXILIO DIVINO.)

LUCIFER ¿A quién pides favor? ¿Tienes vergüenza?
Pues, perro, no hay piedad, lloras en vano.
AUXILIO ¡Mientes, villano!, que el dolor comienza,
y si prosigue y el llorar porfía,
no dudes tú que la batalla venza.
LUCIFER ¿Tan presto, Auxilio santo? ¿Quién te envía?
AUXILIO Quien me puede enviar, Dios, por los ruegos
de la Princesa celestial María.
LUCIFER Después de mil perjuros y reniegos
de Ella y su Hijo y de sus santos nombres,
¿vienes a abrirle tú los ojos ciegos?
AUXILIO Ángel de las tinieblas, no te asombres,
que Dios no tiene en iras ni en venganzas
la condición y, estilo de los hombres.
Antonio, llora, que llorando alcanzas
cuanto pidas a Dios.
ANTONIO   Señor, ya lloro.
LUCIFER ¿A un perdido enriqueces de esperanzas?
AUXILIO Mal sabes tú lo que las rosas de oro
alcanzan de María y de Dios ella.
LUCIFER En éste no, que ya no es fraile; es moro.
Y esa divina y celestial Doncella
favorezca cristianos con sus rosas;
pero no a quien sus rosas atropella.
Que si son en sus ojos tan hermosas,
por otra Rosa vil las ha dejado.
AUXILIO A recibirle fueron poderosas.
Dios te manda dejarle.
LUCIFER   Su mandado
obedezco; mas voy a hacer de suerte
que tiemble el cielo de mi brazo airado.
(Vase.)
AUXILIO Antonio, a Dios tus lágrimas convierte.
ANTONIO ¿Osaré, Auxilio santo, alzar la cara?
AUXILIO Alzala, que, pues lloras, quiere verte.
ANTONIO ¿Perdonaráme Dios?
AUXILIO   ¿No es cosa
clara,

si lo vas suspirando con tu llanto?...
ANTONIO Negué su nombre; fui traidor.
AUXILIO
Repara
que Pedro le negó; pero fue tanto
el llanto suyo, que hoy es fundamento
y de su Iglesia sustituto santo.
ANTONIO Ya os oigo, aunque no os veo; mas si intento
decir que soy cristiano a este rey moro,
¿qué me sucederá?
AUXILIO   Breve tormento
y gloria eterna.
ANTONIO   Pues la muerte adoro,
aunque es terrible trance.
AUXILIO   ¿Atrás te
vuelves
¿Cómo no miras las coronas de oro
de tantos frailes santos y resuelves
que ellos sin culpa han muerto y tú culpado?
ANTONIO ¿Qué, tantos hijos de Domingo entraron
por su sangre en el cielo?
AUXILIO   Los que
espera
el claustro de Madrid, oye.
ANTONIO   ¿Ganaron
fuego y sangre la inmortal bandera?
AUXILIO Después de adornar las puertas
así yo del templo santo
de entorchados jeroglíficos,
de la fe símbolos sacros,
corresponderánse enfrente
de otras dos puertas dos cuadros
que no fueron de por sí,
por ser dos mártires santos.
Luego, por orden, comienzan,
en soberanos retratos,
los dominicos atletas
y sangrientos espectáculos
palmas en las manos todos,
todos al cuello rosarios,

que las rosas hay quien diga
que de sangre se engendraron.
San Pedro, mártir, que hizo,
para corona del labio,
del cuchillo la diadema
y de su filo los rayos.
El primer inquisidor
y protomártir Conrado,
fray Nicolás, que en Hungría
los herejes degollaron
siendo su obispo, con cinco
frailes, y fray Berengario,
arzobispo de Cracovia,
de una lanza atravesado;
fray Pagano, y luego tú,
que vienes bien con Pagano.
Mira si el lugar aceptas.
ANTONIO Sí, Señor, bañado en llanto.
AUXILIO Fray Felipe, hijo del rey
de Ceba, mártir a palos,
y con fray Andrés Pelisco
a los leones echado.
Mas para animarte más
con sus divinos retratos,
mira la Virgen de Atocha
y los mártires del claustro.
(Suena música y descúbrese la Virgen de Atocha, y a los
1a dos, los mártires que aquí van referidos, cada uno
con su martirio, como van dichos, y se advierta que en
esta apariencia consiste la fuerza de la comedia, o sea
en un árbol formado con seis nichos), la Virgen en
medio.)
ANTONIO Serenísima María,
que la luna estáis pisando,
aunque con el alma os miro
a la luz de vuestros rayos,
haced de los muchos vuestros,
por vuestro santo rosario,
este milagro conmigo,
pues Dios por vos obra tantos.

Antonio soy, si merezco
llamarme nombre cristiano
habiéndoos a vos y a Dios
por el demonio trocado.
No soy Sultán, Virgen pura.
AUXILIO Gente suena. Allá te aguardo;
no vuelvas atrás, Antonio.
ANTONIO Ayudadme, Auxilio santo.

(Cúbrese la apariencia. Quéda se ANTONIO solo. Sale FRAY
COSME.)

COSME A pesar de cien morillos,
hasta esta sala he llegado,
donde dicen que está Antonio
el Alcorán trasladando.
Y pues el rey no está aquí,
por el hábito sagrado
de mi padre que lo escrito
tengo de hacer mil pedazos.
ANTONIO ¡Misericordia, Dios mío!
COSME ¡Ay, fray Sultán, renegado!
Solos estamos agora.
ANTONIO ¡Ay, Virgen! ¿Quién me ha llamado!
el nombre que yo aborrezco?
¡Cosme amigo! ¡Cosme hermana!
COSME ¿Mi hermano vos? De Mahoma
lo ser, que yo no me pago
de hermanos que son infames.
ANTONIO Cosme, dame aquestos brazos;
mal dije, dame esos pies,
quiero mil veces besarlos,
(Echase a sus pies y huye FRAY COSME.)
por católicos, por fuertes,
por buenos, cuerdos y santos.
No me los niegue, no huya.
COSME Eres tentación del diablo.
¿Estás sin seso, Sultán?
¿Esa media habréis sacado
de vuestro renegamiento?

ANTONIO Yo soy el vil renegado
que, engañado del demonio
por un antojo liviano,
negué a mi Dios y su Madre
y a su divino rosario.
Mas ya, hermano Cosme, vuelvo,
conociendo mi pecado,
como pródigo segundo,
a sus paternales brazos.
Hermano, ayúdame tú;
ruega por mí.
COSME   ¡Cielo santo!
¿Hablas de veras?
ANTONIO   Sí, amigo;
hermano, de veras hablo.
¡Misericordia, Dios mío!
COSME ¡Virgen pura del Rosario,
vuestras hazañas son éstas!
Pues alto, mi padre amado,
diga como yo dijere
a voz alta.

(Va COSME diciendo, y ANTONIO en voz alta lo repite.)

Sepan cuantos
en Túnez, Fez y Marruecos
ha sido patente y llano
que renegó fray Antonio
del Orden dominicano,
que le engañó Satanás,
como hombre débil y flaco.
Pero ya que ha conocido
los embustes, los engaños
del Alcorán de Mahoma,
profeta falso y borracho,
embustero y codicioso,
corrido y desengañado
de haber seguido su ley,
aunque tan pequeño espacio,
la deja por mentirosa,

mala y de malos resabios,
señuelo para el infierno
y cebo de condenados.
Por tanto, reniega della
y de su dueño falsario;
confiesa la ley de Cristo
y sus estatutos santos,
que Cristo es Dios verdadero
y redentor soberano.
Confiesa en Dios tres Personas
distintas por soberano
misterio y un solo Dios
poderoso, bueno y sabio;
que Jesucristo es Dios hombre,
que en el vientre sacrosanto
de Santa María, su madre,
por el Espíritu Santo
fue concebida y nació,
su virginidad quedando
sin corrupción, limpia y pura
antes y después del parto.
Que, en cuanto hombre, padeció
y fue muerto y sepultado;
resucitó el día tercero;
subió al cielo; está sentado
a la diestra de su Padre;
desde do vendrá juzgando
en el postrimero día
a los buenos y a los malos,
para dar premio y castigo,
conforme hubieren obrado
los hombres en esta vida.
Y confiesa todo cuanto
la santa Iglesia Romana
ha dispuesto y ordenado
y ordenará hasta morir
en su protección y amparo.
Esto es lo justo y lo bueno,
lo católico y lo santo,
y quien dijere otra cosa

mentirá como bellaco.

(Hasta aquí ha ido repitiendo.)

ANTONIO Así, mi Dios, lo confieso.
COSME Agora, déme esos brazos,
y vamos por esas calles,
hechos locos, publicando
a voces la ley de Cristo.
ANTONIO ¡Vamos, Cosme!
COSME   ¡Vamos!
ANTONIO   ¡Vamos!

(Vanse diciendo a voces: «Viva Cristo! ¡Viva Cristo!»
Sal BECEBA con lanza y adarga.)

BECEBA Montes de Túnez, cubiertos
de fieras y de leones,
testigos de mis razones,
aunque a mis voces desiertos;
mar contrario, en cuyos puertos
fue mi esperanza perdida,
en esto acaba su vida
quien pone su fe y amor
en un ingrato señor
y en una mujer fingida.
Ciudad, yo fui alcaide en ti;
ya soy alarbe en el campo,
los pies en la arena estampo
que en ricos palacios vi.
Desterrado vivo aquí
de mi rey y de mi dama,
¡Dichoso campo el que os ama
sin que otro interés le obligue,
que nunca la envidia sigue
a los que viven sin fama!

(Voces dentro. Sale EL REY peleando con un león.)

REY Cobarde soy. ¡Por Alá!

¿Ninguno me da favor?

BECEBA Este es el rey que mi amor
tan mal pagándome está.
El león le rinde ya;
su gente llega. Yo quiero
hacer como caballero,
que al rey, aunque ingrato sea,
cuando en peligro se vea,
le he de acudir el primero.
Bestia crüel, vente a mí,
deja al famoso Almanzor.
REY ¿Quién eres?
BECEBA   Yo soy, señor.
REY ¿Es Beceba?
BECEBA   Señor, sí.

(Da BECEBA tras el león y sale luego,: déjale muerto.)

REY Siempre de ti presumí
este valor. ¡Oh, buen moro!
Por el santo Alá que adoro
que el reino tengo de darte;
mas para poder pagarte
no tiene el mundo tesoro.
Voluntades mal pagadas,
servicios mal conocidos,
en vasallos bien nacidos
no hacen las quejas espadas.

(Ahora sale BECEBA.)

BECEBA De dos sangrientas lanzadas,
el león, atravesado,
tiñe en sangre el verde prado.
REY Y yo, a tus brazos rendido,
perdón, Beceba, te pido
de todo el desdén pasado.
BECEBA Cuando en peligro te hallo,
acudo a mi obligación.

REY La falta del galardón
prueba la fe del vasallo.
(Salen ARCHIMA AMET y CELIMO con albardas.)

ARCHIMA ¿Muerto decís?
CELIMO   El caballo,
por lo menos, muerto queda
en esta verde arboleda.
El rey es éste.
TODOS   ¡Señor!
REY No a mí, sino al vencedor,
para que pagarle pueda.
Beceba es rey, pues por él
tenéis rey: mató al león.
ARCHIMA Hechos de su mano son,
que es su lealtad tan fiel.
REY Volveré a Túnez con él
y, llevándole a mi lado,
entrará conmigo honrado.
Fiesta y máscaras haced.
Parte a Túnez, Maamet,
refiere lo que ha pasado.
Salgan, reciban así
al Beceba como a rey.
ARCHIMA Voy, porque tu gusto es ley.
REYY él lo merece por sí.
Que vivo por él les di.
BECEBA ¡Tantas honras, Almanzor!
REY Hoy conocerás mi amor;
que quien, pagado tan mal,
fue tan hidalgo y leal,
es señor de su señor.

(Vanse. Salen ANTONIO, medio desnudo, y ROSA, asida de
él.)

ROSA ¿Dónde vas de esa manera?
Tente, mi bien, ¿dónde vas?
ANTONIO Rosa, no me tengo más.
Suelta, Rosa.

ROSA   Escucha, espera;
mira que soy tu mujer,
cuando no por ser quien soy.
ANTONIO Por lo mismo huyendo voy.
Por ti he perdido mi ser;
por ti no soy. Ya los dos
no hemos de hablar de ese nombre.
Hoy vuelvo a ser, porque el hombre,
¿cómo puede ser sin Dios?
ROSA Algo, mi vida, te ha dado
alguna envidiosa mora
de mi ventura.
ANTONIO   Señora,
no es mora quien me ha tocado,
aunque me enamoró a mí
su belleza soberana,
sino la mayor cristiana,
pues que tuvo a Cristo en sí.
ROSA A Cristo nombras? ¿Qué es esto?
ANTONIO Pues ¿no quieres que le nombre,
si por remedio del hombre
está de esta suerte puesto?

(Saca un Cristo.)

¡Ay, Rosa, míralo aquí!
ROSA ¿Loco te has vuelto?
ANTONIO   Antes cuerdo,
pues hallo aquí lo que pierdo
por mi locura y por ti.
¡Halle yo, Padre divino,
en este costado abierto
sagrado acogida y puerto
del mar de mi desatino!
¡Haced, santas venas frías,
que aquéstas por vos desangre
las tristes lágrimas mías!
Pues que vos, rey celestial,
sois piedra, imprímanse en vos,
que si sois piedra, mi Dios,

en piedra hacen señal.
ROSA Siempre temí tu mudanza.
ANTONIO ¡Malhaya el hombre traidor
que fuera de vos, Señor,
pone jamás su esperanza!
Mi confianza mortal,
que es viento, en nada la fundo,
siempre la puse en el mundo
y en vos nunca, por mi mal.
Pero yo juro, Señor,
de pagarlo con la vida,
a vuestra sangre ofrecida,
a quien debo tanto amor.
Quédate, Rosa, y el ciclo
se duela de ti.
ROSA   ¡Ah, mi bien!
ANTONIO Ya no hay bien, Rosa, sin quien
murió para bien del suelo.
Voy a morir.
(Vase.)
ROSA   ¡Ah, señor,
mira que te adoro! ¡Fuese!
¿Que este fin mi amor tuviese?
¡Oh, qué mal puse mi amor!

(Sale LUCIFER.)

LUCIFER(Deseaba entrar aquí
y nunca he podido entrar,
que éste se ha sabido armar
bravamente contra mí.
¡Oh, qué espada de dos filos
tomó el traidor en la mano.)
ROSA ¡Que se haya vuelto cristiano!
Mas son comunes estilos
de estos renegados perros.
Al rey haré que le mate.
LUCIFER Con regalo es bien se trate.
Póngale primero en hierros.
ROSA Mejor será por amor.

LUCIFER Regálale; ve tras él.
ROSA Lágrimas podrán con él
lo que no pudo el rigor.
Voy a seguirle.
(Vase.)
LUCIFER   Reniego
de mí mismo, pues María
Dudo dar luz este día
al alma de un hombre ciego.
¡Domingo, mucho supiste;
a buen árbol te arrimaste!
¡Qué bien sus rosas fundaste
¡Qué hermoso huerto escogiste!
¿Quién me ha encontrado contigo,
perro labrador de herejes?
Mas yo haré que esta vez dejes
la prenda que ha de ir conmigo.
En tu dorada carlanca
no hay tocar; mas quiero ver
si te pudiese morder
algo de esa fimbria blanca.

(Entran EL REY, BECEBA, ARCHIMA AMET y CELIMO.)

BECEBA
¡Qué alegre y regocijada
Túnez, señor, te recibe!
REY ¡Moros: por Beceba vive
vuestro rey!
ARCHIMA   ¡Famosa entrada !

(Salen los músicos con un baile morisco, con máscaras.)

MÚSICOS Gardamos, Alá, Muley,
que gardar al rey, que garda
al rey, que un león tener
para hacer mochos pedazos,
quitarmo ley desas brazos
y él vida por él poner.
Túñez, tenelde placer

por vasallo de bon ley,
Mahoma, gardar Muley,
gardar al rey, gardar al rey.

(Vanse los músicos. Sale ANTONIO de fraile con su
corona.)

ANTONIO Los que me vistes por deleite vano
negar la fe de Cristo que profeso
y, habiéndole primero dado el beso,
venderle como bárbaro villano.
Los que dejastes el valor cristiano
por el ejemplo de mi loco exceso,
mirad que ya le adoro y le confieso,
trayéndole en el alma y en la mano.
No soy Sultán; Antonio, sí; ninguno
crea que creo al bárbaro Profeta,
porque se engañará si piensa alguno.
La ley de Cristo adoro; vuestra seta
maldigo. Cristo es Dios, que es trino y uno.
Mi sangre está ya a vuestros pies sujeta.
(De rodillas.)
REY ¡Por Alá, que de cuantas invenciones
en mi entrada se han hecho no hay ninguna,
Sultán, que con la tuya se compare!
¡Qué bien de los cristianos se ha burlado!
Beceba, ¿ no es muy digno de un gran premio?
BECEBA¡Qué máscara! ¡Qué fiesta más discreta!
¡Qué bien ha castigado a los cristianos!
¡Qué bien sus desatinos me presenta!
ANTONIO No son máscara, rey; antes es esto
quitarme y a la máscara del rostro.
Yo creo en Jesucristo, Cristo vivo.
Cristo es Dios.
REY   ¿Cómo es esto? Espera un poco.
Sultán, ¿hablas de veras o estás loco?
ANTONIO No soy Sultán, Antonio soy; ya vuelvo
a los palacios de mi Padre, a donde
me ha vestido del hábito primero
para sentarme a su gloriosa Mesa.

Pródigo fui de sus tesoros ricos;
guardé negro ganado de deleites;
roto volví, mas ya me dio sus brazos,
a trueco de mil lágrimas, y puso
en mi cuello la estola de su gracia.
REY Antonio, mira bien lo que aventuras.
ANTONIO ¿Qué ventura mayor que con mi sangre
confirmar las verdades que confieso?
REY No hay fiesta sin azar, que todas tienen
por fin guardado algún desabrimiento.
BECEBA ¡Ah rey! ¿Está mejor Rosa empleada
en un cristiano vil?
REY   Llevadle presto,
y dentro de tres días, si no dice
que a Mahoma confiesa, dadle muerte.
ANTONIO De aquí a tres días, rey, de aquí a tres años,
de aquí a tres mil, diré lo mismo.
REY   ¡Oh
perro!
Llevadle al campo luego, apedreadle
y quemaréis su cuerpo.
ANTONIO   ¡Virgen pura,
cumplióse mi deseo! Mi remedio
debo a vuestro santísimo rosario.
¡Oh santa devoción! En vos espero
que no se perderá quien la tuviere.
(Llévanle.)
REY Arrepentido estoy, ¡por Alá santo!,
de haber honrado a este cristiano perro.
Vuélvase, moros, el contento en llanto.
BECEBA ¡Por éste me pusiste en tal destierro!
REY Famoso alcalde, pues te debo tanto
y he conocido mi notable yerro,
yo huelgo de que quede libre Rosa,
que, si hoy la quieres, hoy será tu esposa.
Sin esto haré que el Gran Señor confirme
mi sucesión en ti.
BECEBA   Beso tus manos,
¡oh generoso rey, columna firme
de todos los estados africanos!

REY Obligarme pudiste y persuadirme.
No haré más confianza de cristianos.
Vamos a ver a Rosa.
BECEBA   Hoy quiera el cielo
lograr tus años y premiar mi celo.

(Vanse. Salen MARCELA y UN MERCADER.)

MARCELA Antes de embarcarme quiero,
aunque pudiera en mi llanto,
pues que no soy conocida
con la mudanza del hábito.
ver, si pudiera, a mi Antonio.
MERCADER Si le están apedreando.
¿No ves que podrán volver
las piedras a los cristianos?
MARCELA ¡Ojalá, amigo, que algunas,
despedidas de sus brazos,
me hiciesen tan venturosa!
(Sale COSME.)
COSME ¡Oh jüicios soberanos,
que guían nuestro remedio
por tan diferentes casos!
MARCELA ¿Viste a fray Antonio, amigo?
COSME Yo soy, Marcela, el que tanto
abominó sus delitos;
yo fui su mayor contrario,
porque yo soy aquel lego
que a su lado cautivaron,
fray Cosme, y ya soy
flama que su nombre alabo.
Por la gran puerta de Túnez
sacaron a Antonio al campo,
coronada la cabeza
y atadas atrás las manos.
Las cosas que iba diciendo
con la Virgen santa hablando,
las ternezas que a su Hijo,
los amores, los regalos,
los perdones que pidió

a los cautivos cristianos,
¿qué lengua habrá que lo diga,
Al fin, al campo llegaron;
hincó en tierra las rodillas.
y allí, como Esteban santo.
bordó de piedras preciosas,
rubíes en sangre bañados,
el hábito de Domingo,
siempre a la Virgen llamando.
Encienden un grande fuego,
pero del cuerpo sagrado
huye el fuego, que el de amor
resiste y le deja intacto.
Piedras en sangre teñidas
cogieron muchos cristianos
y se les volvieron rosas.
Mas ya tratan de enterrarlo,
que a los pies del crucifijo
de este templo fabricado
de genoveses en Túnez
mandó sepultarse el santo,
donde esperan que ha de hacer
Dios por él grandes milagros.
Pues ya llegamos al puerto,
el santo cuerpo veamos.
MARCELA La piedra que sangre tenga,
Antonio, mi padre amado,
será diamante en mi pecho.
COSME Este es el cuerpo sagrado.

(Corran una cortina y aparece Nuestra Señora del Rosario
con manto azul; más abajo, a los lados, los frailes que
puedan, dominicos, con rosarios al cuello, y alrededor
de la Virgen, un rosario grande, con rosas por
paternóster, y fray ANTONIO de rodillas, lleno de
sangre, con un Cristo en la mano derecha y en la
izquierda el rosario.)

¡Con qué valor tiene a Cristo
Antonio en la diestra mano,

como bandera que sigue,
y en la siniestra, el rosario!
MARCELA Con estas armas, ¿quién duda,
¡oh valeroso soldado!,
que conquistase los cielos?
Nuevo Esteban, si en el manto
de la Virgen ya te miras
como a soberano amparo,
ruega por mí.
COSME   Y por todos.
(Cúbrese la apariencia.)
Padre Antonio, Antonio santo.
Y aquí, senado, da fin
«La Devoción del Rosario».
San Antonino la escribe,
que de Florencia, en San Marcos,
dio el hábito a fray Antonio,
y así os lo ofrece Belardo.

RAGIONAMENTI SU LA PLURALITÀ DE' MONDI

Bernard de Fontenelle

Texte et illustration de couverture : © domaine public
Edition : Culturea (Hérault, 34)
Contact : infos@culturea.fr
Retrouvez notre catalogue sur http://culturea.fr
Imprimé en Allemagne par Books on Demand
Design typographique : Derek Murphy
Layout : Reedsy (https://reedsy.com/)

Dépôt légal : janvier 2023
Tous droits réservés pour tous pays

ISBN : 9791041841776